Libro 2. «¡No quiero ser la reina!». Reformas en Camelot y la batalla «épica»

Serie «Camelot. Singularidad 20-01. O las aventuras de tres chicas en otro mundo»

Elena Kryuchkova

Traducido por Mariano Bas

«Libro 2. "¡No quiero ser la reina!". Reformas en Camelot y la batalla "épica"» (Serie «Camelot. Singularidad 20-01. O las aventuras de tres chicas en otro mundo»)

Escrito por Elena Kryuchkova

Editorial Tektime

www.tektime.it

Traducido por Mariano Bas

Diseño de portada por IA (Stable Diffusion, NightCafe)

Elena Kryuchkova

Camelot. Singularidad 20-01. O las aventuras de tres chicas en otro mundo

Libro 2

El segundo libro de la serie.

Arthuria no quiere ser reina de Camelot, pero finalmente tiene que ascender al trono.

Junto con Marilyn y Lancitel empieza a implantar reformas inusuales en la Singularidad 20-01.

Entretanto, lord Tristán rechaza reconocer la autoridad de Camelot y a la nueva reina.

¿Qué harán Arthuria y sus amigas? Parece que se aproxima una batalla «épica»…

Esta historia es una ficción y cualquier similitud con personas o acontecimientos reales es una coincidencia.

Los personajes de la mitología también se han cambiado; sus caracteres, relaciones y vínculos familiares son ficción. La historia es completamente ficticia.

Libro 2. «¡No quiero ser la reina!». Reformas en Camelot y la batalla «épica»

Parte 3. «¡No quiero ser la reina!»

Capítulo 1. Preparaciones para la coronación

Tierra, la Singularidad 20-01, año 5546 desde la Creación del Mundo según el calendario del Imperio Etrusco, Gran Bretaña, ciudad de Camelot.

—¡Lady Arthuria, póngase derecha, por favor! ¡Tenemos que tomar medidas para que el vestido de la coronación quede perfecto! —dijo uno de los sastres que estaba tomando medidas a la muchacha.

—No lo entiendo: ¿de verdad no os oponéis a ser gobernados por una extranjera? —preguntó Arthuria por enésima vez en la última semana.

Estaba en pie con un sencillo vestido gris en medio de las espaciosas habitaciones que le habían asignado.

Y una cosa más: había pasado una semana desde que había sacado la espada de la piedra y el rey Uther la había declarado su heredera.

La gente presente en ese momento en la plaza mayor de Camelot, extrañamente, reaccionó bastante positivamente. Resultaba ser toda una paradoja: la gente había reaccionado mucho peor ante Minerva, aunque era la nieta de Ambrosius. Pero Arthuria fue recibida positivamente. Tal vez la razón fuera que a la gente le había gustado su música o sus palabras en su conversación con Uther. O tal vez les había impresionado el «ritual mágico» realizado por Marilyn. O tal vez alguien tomó a las muchachas por «doncellas de Fair Folk». En todo caso, le reacción fue de sorpresa, pero positiva.

Arthuria exclamó entonces:

—¡Esperad, Vuestra Majestad! ¡Con el debido respeto, no puedo ser vuestra heredera! ¡Soy una extranjera! ¡Mis amigas y yo solo queríamos encontrar una patrona! ¡No tenemos la capacidad de gobernar un reino! ¡Y apenas conocemos las costumbres de estas tierras!

—¡Lady Arthuria, hablasteis sabiamente durante nuestra conversación! ¡Y fuisteis capaz de sacar a Caliburn de la piedra! —respondió Uther—. ¡Es la providencia de la diosa Danu y el dios Dagda! ¿Qué más evidencias se necesitan?

—¡Correcto! —apoyó una persona entre el gentío.

—¡Sí, no nos importa ser gobernados por la sabia doncella de Fair Folk! —gritó otro.

—¡No, no puedo gobernar! ¡Y mis amigas y yo no somos de Fair Folk! —trató de objetar inútilmente Arthuria.

No quería convertirse en la gobernante local y asumir esa abrumadora responsabilidad sobre las vidas de una enorme cantidad de gente. ¿Y qué pasaba con el continuo espacio-tiempo del que se habla tanto en películas y libros? Aunque estuvieran en otra singularidad, ¿esto no afectaría a la historia del mundo local?

—¡Sois tan modesta y tan poco ambiciosa de poder! ¡Seréis una gran reina! —asintió Uther.

—¡No, yo…! —trató de objetar nuevamente Arthuria.

—¡Es el destino! —Marilyn apoyó inesperadamente al rey.

—¡Guau, todo es obra de Mercurio retrógrado! —dijo Lancitel. Su rostro mostraba una expresión de complicidad—. ¡Ahora entiendo bien el significado de las predicciones del horóscopo y las cartas del tarot!

—Así que esto era lo que significaban mis cálculos astronómicos acerca de viajeros de lugares lejanos que traerían prosperidad a estas tierras —se animó Viviane.

—¡Exactamente! ¡Qué así sea! —apoyó alguien del gremio de mercaderes.

Los mercaderes vieron a la candidata a reina como alguien favorable para sus negocios. Además, la famosa adivina local, Viviane, apoyaba aparentemente a las muchachas. El resto de la gente les imitó:

—¡Sí, exactamente!

—¡Sí, no nos importa!

—¡Vuestra Majestad! Con el debido respeto, ¿realmente aceptaréis a la extranjera como vuestra heredera? —La alta voz de la reina sacudió la plaza.

Igraine tenía casi un superpoder: hablar muy alto sin gritar.

—¡Sí, Vuestra Majestad! ¡Escuchad a Su Majestad! ¡Tiene razón! —Arthuria le animó por un momento.

«¡La reina será capaz de apelar a su sensatez!», se le pasó por la cabeza. Pero sus esperanzas se hicieron añicos en un momento, cuando el rey declaró:

—Sí, porque la considero una candidata digna. Ha pasado el Juicio real, ha empleado palabras sabias y ha sido capaz de sacar la espada de la piedra. ¿Se necesitan más pruebas de que es digna de convertirse en reina?

Arthuria estaba completamente atónita. Miraba a sus amigas con una tenue esperanza. Pero Lancitel hablaba para sí acerca de

Mercurio retrógrado y la cara de Marilyn mostraba una inocencia sospechosa propia de un mal actor.

«¡Ha sido ella!», cayó Arthuria en ese momento. «¡Aparentemente, hay algún artilugio en la piedra! ¡Lo ha entendido y ha dispuesto todo para que yo pudiera sacar la espada!¡Por supuesto, Marilyn también supuestamente ha intentado sacar la espada, pero en realidad solo estaba fingiendo!».

La suposición de la muchacha era casi correcta. La piedra que tenía en su interior a Caliburn no era realmente una simple piedra. Era un mecanismo teatral, creado muchos siglos antes por un maestro etrusco, conocido por el apodo de «el Gran Maestro».

La espada en la piedra fue su mejor y última creación. La había creado en el mismo Camelot, que en el pasado había sido un fuerte etrusco. Al jefe del fuerte en aquellos tiempos le gustaba mucho el teatro con efectos especiales. Se interpretaba en la plaza, que ahora se llamaba plaza mayor de Camelot. E incluía obras en las que los actores sacaban la espada de la piedra.

El Gran Maestro creó un mecanismo con un panel de control en lo alto. Y escondió este mecanismo dentro de un hueco en una enorme piedra (vaciada previamente), que, siguiendo sus órdenes, los trabajadores habían traído a la plaza.

El panel de control estaba hecho de cristal esmerilado de un color oscuro similar a la piedra. El Gran Maestro fijó el mecanismo dentro de la piedra con la ayuda de pernos ocultos y un pegamento increíblemente fuerte, cuya receta había inventado él mismo y acabó llevándose con él a la tumba.

Por supuesto, no valía cualquier espada para el mecanismo. Para ser una «espada en la piedra», la hoja debía tener un ancho determinado y agujeros en lugares concretos. A través de ellos la hoja se fijaba dentro del mecanismo con la ayuda de unas sujeciones especiales.

Con el tiempo, tras abandonar los etruscos el fuerte, todos olvidaron la piedra. Pero medio siglo antes Ambrosius encontró un archivo etrusco olvidado con indicaciones sobre el mecanismo de la piedra. Curiosamente, todavía entonces era posible encontrar en el castillo (el antiguo fuerte) escondites que aún no habían sido descubiertos y cosas en ellos que habían pertenecido a los etruscos.

A Ambrosius le interesó esta idea. Examinó en secreto la «piedra» por la noche (que, con el paso de los años, por la acción del tiempo y el clima, había empezado a parecer realmente una simple piedra) y se dio cuenta de que el mecanismo seguía funcionando. Al menos la tapa secreta que cubría el mecanismo sí seguía funcionando.

Presionando una combinación concreta de «salientes de piedra» en el panel de control, Ambrosius abrió el mecanismo y luego lo cerró. Así se cercioró de que el mecanismo aún funcionaba correctamente.

Posteriormente, Ambrosius tuvo la idea de irse de viaje en busca de algo que beneficiara a Camelot y sus habitantes.

No compartió sus pensamientos con nadie, aunque meditó sobre su decisión durante mucho tiempo. Después de todo, en ese momento, Ambrosius era el rey. Había ganado gloria militar y muchos lo respetaban. Entonces la candidatura de Uther no era especialmente popular, tal vez porque todos sabían que Uther y Ambrosius solo eran hermanos por parte de padre y la madre de Uther no era la esposa legítima del rey anterior, sino una simple doncella de baja cuna. Era criada en la corte y el rey anterior advirtió su belleza.

Así que, aunque la gente consideraba a Uther un guerrero, nadie lo veía como un potencial gobernante…

Ambrosius sabía que, como no tenía esposa ni herederos, solo podía dejar el trono a su hermano. Pero le atormentaban las dudas: ¿y si alguien cuestionaba el derecho de Uther al trono? ¡Después de todo, había muchos señores y damas en el reino con numerosos soldados!

Y entonces concibió la idea de usar el antiguo mecanismo teatral…

Ambrosius tomó nota del método para crear una espada para la piedra de los rollos etruscos, redibujó todo cuidadosamente y entregó los diseños a un herrero capaz. Este tuvo pronto lista la espada. Ambrosius probó en secreto a «clavar» la espada en la «piedra» por la noche. Por suerte, la hoja encajaba perfectamente. Entraba fácilmente, estaba perfectamente fijada y era imposible de sacar sin conocer el mecanismo.

El día de su partida, Ambrosius dio un emocionante discurso en la plaza central. También abrió sigilosamente el mecanismo. Desde lejos, parecía que solo tocaba la piedra, emocionado. Un pequeño hueco para la hoja no podía advertirse desde tan lejos.

Al final de su apasionado discurso, Ambrosius dijo que abdicaba del trono a favor de Uther. Y si en el futuro el país se enfrentaba a la dificultad de elegir a un gobernante, el futuro rey o reina debía sacar la espada de la piedra. Después de eso, «enterró» la hoja en la «piedra».

Razonó para sí mismo: «Si alguien puede entender independientemente el secreto del mecanismo y conseguir la espada, al menos esa persona será lo bastante inteligente. Me llevaré conmigo todos los rollos etruscos con el secreto de la "piedra", incluyendo los que entregué al herrero para que forjara la espada».

El resto de la historia la conocían todos en Camelot: Ambrosius se fue y Uther se convirtió en el nuevo rey. Muchos trataron de desafiar su derecho al trono y trataron de sacar la espada de la piedra. Pero siempre en vano…

Como ya sabemos, Ambrosius nunca volvió a Camelot, sino que se quedó a vivir en el Imperio Etrusco. Antes de morir, contó su secreto a su nieta, Minerva. También le contó el secreto de la piedra, pero la muchacha guardó prudentemente silencio sobre él cuando contó la historia de su abuelo al rey Uther.

Por supuesto, se plantea la pregunta: ¿cómo fue entonces capaz Marilyn de desbloquear el mecanismo de la «piedra»? ¡Por supuesto, no podía conocer esos detalles!

Marilyn, como una persona moderna y escéptica, lo entendió de inmediato: sencillamente, Ambrosius no podía hundir la espada en la piedra. Así que debía haber un truco.

Al ver la extraña reacción de Minerva ante la piedra, Marilyn quedó convencida de lo que suponía. Y cuando miró de cerca la «piedra», entendió inmediatamente que los salientes de la superficie eran parte del mecanismo.

Llevó a cabo el «ritual», es decir, escondiéndose detrás del abrigo presionó distintos salientes. Al ser una matemática con talento, la muchacha fue capaz de calcular rápidamente la secuencia deseada.

Cuando se desbloqueó el mecanismo, oyó un chasquido suave y característico. Y cuando Marilyn trató de «tirar» de la espada para sacarla de la piedra (con una magnífica interpretación), fue capaz de levantarla un poco, unos milímetros. Desde lejos, era imperceptible, pero para ella era una señal de que había tenido éxito.

Marilyn había hecho esto porque había entendido que confiar en una patrona no era la mejor opción, pues en los tiempos antiguos (que incluían la Singularidad 20-01 en la que habían caído las muchachas) damas y señores podían decidir fácilmente el destino de sus criados.

Y si el Juicio Real había llegado tan a tiempo, ¿por qué no debería una de las muchachas convertirse en reina? Marilyn evaluó sus habilidades y supo que no sería una buena reina. Pero le iba perfectamente el papel de «maga de corte». ¡Así que dejaría a Arthuria o a Lancitel convertirse en reina!

Y, como sabemos, por voluntad del destino, fue Arthuria la primera en acercarse al mecanismo desbloqueado y en sacar la espada de la piedra…

Esto desató toda una tormenta de emociones en Camelot. Extrañamente, la gente lo asumió favorablemente. Arthuria, Lancitel y Marilyn, con sus ropas modernas, sus «extraordinarios laúdes» (guitarras) y su música conmovedora (rock duro) hacía que a la gente local les parecieran las doncellas de Fair Folk.

Además, las muchachas eran más altas (la altura media de la gente en la antigüedad era inferior), de bella apariencia (para los patrones locales) y con manos bien cuidadas. Como es sabido, en la antigüedad mucha gente trabajaba duro en el campo, en forjas, en talleres de artesanía, etc. y por tanto la piel de sus manos se deterioraba rápidamente. Solo los aristócratas tenían piel delicada en sus manos.

Así que, hasta cierto punto, Arthuria, Marilyn y Lancitel causaron sensación. Bueno, y además a la gente en realidad no le gustaban la reina Igraine y su hija Morgause y preferían una alternativa… Aunque extrañamente la gente no estaba dispuesta a aceptar a la sobrina nieta de Uther, Minerva, como gobernante. Probablemente porque provenía del Imperio Etrusco, que en el pasado se había apoderado de las tierras de Gran Bretaña. O tal vez sencillamente Arthuria, Marilyn y Lancitel habían impresionado mucho a los locales.

La propia reina Igraine, Morgause y su séquito estaban absolutamente descontentos con este giro de los acontecimientos, pero hasta ahora no habían hecho nada.

Y ya había pasado una semana desde que Uther había declarado a Arthuria su heredera. La muchacha y sus amigas habían vivido todo este tiempo en el castillo real. Las preparaciones para la coronación de la nueva reina estaban en su pleno apogeo. La misma «espada sagrada» que Arthuria había sacado de la piedra fue colocada con todos los honores en el templo local de las deidades supremas: la diosa Danu y el dios Dagda. Todos llegaron unánimemente a la conclusión de que, como la espada se había extraído de la piedra, debía convertirse en una especie de reliquia sagrada que tenía que estar en el templo.

Sin embargo, para ser más precisos, la coronación no iba a producirse en un futuro cercano, ya que el rey Uther seguía vivo. Pero este ordenó que se preparara todo por adelantado.

No tenía intenciones de abdicar todavía. El rey aseguró a sus súbditos que solo abdicaría si se sentía verdaderamente mal. Para evitar una preocupación innecesaria, ocultó cuidadosamente el hecho de que llevaba un tiempo sintiendo que la muerte se acercaba.

La reina Igraine, Morgause y su séquito permanecieron sin hacer nada, pero mantuvieron una actitud fría, por decirlo educadamente, con las «arrogantes forasteras». Aparentemente esperaban y pensaban qué beneficios podrían obtener del acceso al trono de la nueva reina en el futuro.

Además, Igraine no sabía qué consecuencias tendría todo esto para su estatus. Ya no sería la reina, por supuesto. Y ese momento no estaba lejano: al contrario que la mayoría de los cortesanos, Igraine sabía que la salud de Uther empeoraba cada vez más, aunque lo ocultara.

¿Pero podría Igraine quedarse en la corte en el futuro como viuda del rey? Habría sido preferible para ella permanecer en la corte a volver a los dominios de su primer marido. Las tierras del difunto duque Gorlois habían pasado por sucesión a su única hija, Morgause. Y aunque la muchacha se había criado y había vivido en la corte, las tierras de su padre se consideraban sus posesiones. Eran gestionadas por un administrador de su confianza. Aun así, Igraine, como madre de Morgause y viuda de Gorlois, tenía todo el derecho a vivir a esas tierras.

Ella no tenía posesiones propias. En el pasado, Igraine había tenido hermanos mayores que habían heredado las tierras de sus padres. Posteriormente, los hermanos murieron en batalla y sus posesiones pasaron a sus hijos.

A Igraine no le gustaban sus sobrinos, porque los consideraba arrogantes y estrechos de miras. Por suerte, no le causaban ningún problema especial y raramente venían a la corte: sus tierras estaban demasiado lejos y tampoco a ellos les gustaba su tía, aunque fuera la reina.

Igraine quería quedarse en la corte, porque le preocupaba realmente el destino del reino. Planeaba, gracias a su influencia, que si era necesario «sacar» a esa «descarada extranjera» (es decir, a Arthuria), ella estaría preparada por adelantado para derrocar a la futura reina.

La propia Arthuria era muy consciente de no gustar francamente a la rena Igraine. ¿Cómo podía ser de otro modo? ¡La propia Arthuria seguía atónita por el hecho de que Uther la hubiera nombrado sucesora, ¡una forastera de origen desconocido!

Sin embargo, fuera como fuese, todo eso ya había pasado. Así que la muchacha estaba en los aposentos que le habían asignado y los sastres pululaban a su alrededor, tomando las últimas medidas para su vestido de coronación.

«Igual que la leyenda del rey Arturo en mi mundo...», pensaba Arthuria. «¡Mis padres, fans de esa leyenda, incluso me dieron por ella este nombre! Y ahora me he convertido en la reina Arthuria... Marilyn sería entonces una analogía del mago Merlín y Lancitel otra del caballero Lancelot... Es incluso hasta irónico... ¡Espero que ni yo ni Lancitel ni Marilyn cambiemos la historia de este mundo con nuestras acciones!».

Frunció el ceño al pensar en Marilyn. «¿Por qué lo hizo?», se preguntó mentalmente la muchacha por enésima vez en la última semana. «Después de que Uther me nombrara su heredera, hubo discusiones acaloradas en la plaza. A muchos en Camelot no les gusta la reina Igraine, así que prefirieron apoyar a la primera persona que les gustara. Y esa era yo...

»Y cuando las cosas se calmaron un poco, empezaron los preparativos para la fiesta. Por supuesto, Lancitel, Marilyn y yo estuvimos presentes. Viviane, como nuestra escolta, también estuvo invitada. Por cierto, que Uther la recompensó generosamente por el hecho de haber traído a Camelot a "la futura reina y sus acompañantes", es decir, a mis amigas y a mí. También reforzó su estatus como adivina e incluso se le concedieron aposentos en la corte. Y, sí, Carbo también está con ella. A la gente en Camelot le gustan mucho los perros…

»A esa fiesta acudió también la muchacha etrusca, Minerva, con su gente. Comentaron con Uther la amenaza de los sajones, así como la alianza contra estos y contra otras tribus norteñas. Por supuesto, Uther le aseguró su voluntad de colaborar. Por lo que se ve, es una amenaza grave… No conozco el alcance del problema, porque el rumbo de la historia en la Singularidad 20-01 es distinto del de mi mundo y nadie se ha apresurado a revelarme las complejidades de los asuntos públicos.

»Pocos días después de la fiesta, Minerva abandonó Camelot y Marilyn nos contó a Lancitel y a mí el secreto de la "piedra". Más exactamente, no nos lo dijo, sino que escribió un mensaje en su móvil y nos dejó leerlo para que nadie nos oyera. Al principio del mensaje, escribió: "Leedlo cuidadosamente y no lo comentéis en voz alta, porque nos pueden oír y podríamos estar en peligro…".

»Así que Lancitel y yo leímos el mensaje en la pantalla de su móvil. Y le escribimos respuestas en los nuestros. No podíamos enviar mensajes, pues aquí no hay redes móviles. ¡Pero podemos leer en las pantallas!

»Lancitel elogió la idea de Marilyn. En su opinión, es mejor ser una cortesana de su amiga la reina que servir a alguna dama desconocida. Ya había decidido que se convertiría en mi adivina de corte, así como en caballera. Había estudiado esgrima antes y, aunque había dejado de tomar clases de esgrima hacía unos años, seguía practicando por su cuenta.

»Marilyn también piensa que es mejor ser una cortesana de su amiga la reina. Ya ha decidido convertirse en mi "maga de la corte". Después de su actuación delante de la "piedra", ahora todo Camelot cree en sus "habilidades mágicas"…

»Pero yo no estoy especialmente contenta con el desarrollo de los acontecimientos. No imagino cómo voy a soportar una responsabilidad tan enorme como gobernar un reino y gestionar probables guerras futuras contra los sajones y sus tribus aliadas…

»En todo caso, aunque no me guste, ahora voy a tener que apechugar con ser una gobernante local… Bueno, eso si Igraine no me envenena antes de la coronación… Aunque parece que también tenemos inmunidad al veneno gracias al seguro de usuario del "Viaje multimedia a través de tiempos y singularidades". Lo descubrí en el directorio del panel de control…»

Arthuria suspiró con fuerza. En cualquier caso, todo eso no la inspiraba en absoluto.

—¡Lady Arthuria, póngase derecha, por favor! ¡Así no podemos tomar bien sus medidas! —le dijo otro de los sastres (eran dos).

—Sí, es verdad… El vestido de la coronación… —replicó ausente la muchacha.

Los sastres se miraron. Como todos en la corte, veían que a la futura reina no le ilusionaba su nuevo estatus. Y, extrañamente, eso no hacía más que causar una gran simpatía por parte de todos hacia la recién nombrada heredera.

La propia Arthuria recordó involuntariamente unos dibujos animados para adultos. La serie estaba protagonizada por cuatro chicos que estaban en la escuela elemental y, a pesar de la juventud de los protagonistas, trataba temas adultos y de actualidad.

En una de las muchas temporadas, un profesor de la escuela de los chicos decidía convertirse en político. Antes de las elecciones, pronunciaba varios discursos, que atraían a mucha gente.

Pero entonces se daba cuenta de repente de que si se convertía en un político, no tenía ni la más remota idea de qué hacer con sus nuevos poderes. Y empezaba a hablar sinceramente acerca de ello a la gente en sus discursos: «¡No me votéis! ¡No sé en absoluto qué hacer si asumo un puesto político de tanta importancia!».

Pero a la gente, por el contrario, le gustaba su sinceridad y muchos votaban por él…

«Y, al final, el profesor de la serie no sabía en absoluto qué hacer y por eso se convertía en un político malísimo», pensó lúgubremente Arthuria.

Por supuesto, esperaba que la serie satírica solo fuera una serie satírica. Y que ella lo haría mejor en sus tareas como reina de Camelot. Pero sus dudas no desaparecían…

—Lady Arthuria, tenéis visitas: lady Marilyn, lady Lancitel y lady Viviane —le anunció una de las doncellas, quien, según las normas de la etiqueta, servía en la puerta de los aposentos de la heredera al trono.

—Sí, dejadlas pasar —contestó la muchacha.

Las amigas y la adivina no esperaron mucho tiempo y tan pronto como la doncella les contestó entraron de inmediato en la habitación.

Viviane vivía ahora en el castillo como adivina de la corte. Vestía apropiadamente con un vestido más caro con amplias mangas de un bonito color gris. Carbo no estaba en ese momento con ella: aparentemente, permanecía en sus habitaciones. En Camelot, los perros eran bienvenidos y a algunos cortesanos incluso se les permitía tenerlos en sus habitaciones. La única condición era que en ese caso dichas habitaciones estarían en el primer piso. Por supuesto, Viviane no era una excepción y, junto con Carbo, también se alojaba en el primer piso. Sin embargo, hay que señalar que el perro, como si entendiera todo lo que estaba pasando, se comportaba muy bien y tranquilamente e incluso evitaba ladrar alto.

Lancitel y Marilyn también estaban vestidas a la moda local, con vestidos de corte sencillo con largas mangas y cinturones bordados. Lancitel llevaba un vestido de color verde oliva y Marilyn uno azul.

En el lugar de origen de las muchachas, la ropa en la antigüedad también se veía muy sencilla. Por ejemplo, en Europa las mujeres llevaban vestidos de corte simple con cinturones y los hombres pantalones y camisas. A veces, las ropas parecían túnicas. La paleta de colores no difería especialmente en variedad ni en brillantez; después de todo, solo se usaban tintes naturales que podían obtenerse de las plantas.

Entre las gentes de los distintos estratos sociales, las ropas variaban sobre todo en la calidad de las telas y la complejidad de los bordados que las adornaban. Las opciones de las telas eran asimismo limitadas, sobre todo lana, lino y cáñamo. El algodón se traía de los países del sur y la carísima seda de China.

Las prendas más bellas, que tan habitualmente se representan en películas de animación y fantasía sobre la Edad Media, aparecieron mucho más tarde en la vida real. Y los grandes vestidos con crinolinas, como en el caso de algunas princesas Disney, aparecieron en realidad en el siglo XIX.

Sin embargo, a primera vista, la crinolina ligera tenía esa forma debido a la estructura rígida de metal. Y las mujeres tenían que llevar ropas pesadas por culpa de la moda. Las damas además tenían que apretarse en corsés para conseguir el aspecto de una fina cintura. Era incómodo y muy poco sano: los órganos internos estaban continuamente apretados.

Por tanto, Arthuria estaba indudablemente contenta por el hecho de que en esa época de la Singularidad 20-01 en la que habían caído sus amigas y ella misma, las ropas fueran tan sencillas como era posible. A menudo la comodidad de la ropa reside en su sencillez. Aunque, en este caso, la comodidad estaba muy condicionada y solo lo era en comparación: las mangas largas seguían resultando molestas. Y con respecto a la ropa interior correspondiente, solo había camisones y enaguas y nada más… Por suerte, Arthuria, Marilyn y Lancitel aún tenían sus maletas con sus cosas, con una provisión ropa interior limpia. Pero en diez años indudablemente sería inutilizable. Tendrían que ordenar su fabricación a sastres o coserla ellas mismas. Pero, como sabemos, las muchachas no sabían coser…

En resumen, mejor no hablar de las incomodidades cotidianas, como la ausencia habitual de calzones en ese mundo y tiempo, un retrete normal, papel higiénico y cosas similares… En ese periodo de tiempo de la Singularidad 20-01, todo eso sencillamente no existía. Por suerte, la ciudad sí tenía agua corriente. Ya era algo satisfactorio. Pero tomar un baño seguía siendo un problema: había que calentar el agua. Aunque, por otro lado, ¿de dónde provenía el agua caliente en el mundo de la Edad Media?

—¡Oh Arthuria, estás ocupada! —exclamó entretanto Lancitel, viendo a los sastres.

—Tal vez sea mejor que vengamos luego —dijo con delicadeza Viviane.

—Supongo que sí —asintió Marilyn.

—¡Ah, queridas damas, nos iremos inmediatamente para no interferir en vuestra conversación! —exclamaron los sastres—. ¡Podemos acabar más tarde!

—Sí, por favor —asintió Arthuria.

—¡Esperaremos fuera! —Los sastres hicieron una reverencia y se apresuraron a salir.

En cuanto salieron, Arthuria lanzó a Marilyn, Lancitel y Viviane una mirada adusta.

—¡A vosotras os va bien, no tenéis problemas! —dijo descontenta— ¡Y a mí me torturan todo el día tomando medidas para el vestido y haciéndome estudiar!

—Ah, sí, es verdad… Ahora estudias el arte de gobernar —dijo Lancitel.

—¡Después de graduarte en la escuela, la escuela ha vuelto a tu vida! —trató de bromear Marilyn.

—Menudo mal chiste… —Arthuria suspiró muy descontenta. Y añadió—: ¡Quiero una vida tranquila!

«Pero, por el momento, es un sueño imposible…», pensó desesperada.

—Arthuria, ¿de verdad piensas que si nos hubiésemos convertido en cortesanas de una dama noble tendríamos una vida tranquila? —preguntó con calma Marilyn.

—No, no se puede pensar eso…

—¡Exactamente! ¡Y, si te hace sentir mejor, la «escuela» también ha vuelto a mi vida y a la de Lancitel!

—Sí, ya sabes que nos enseñan las normas de etiqueta y sus costumbres locales —asintió Lancitel.

El rey Uther mandó a varias damas nobles y respetadas de Camelot que explicaran todo a las muchachas. Era mucha información, así que estaba claro que no era posible explicarlo todo en un día…

—Al menos no tenéis que estudiar los asuntos del estado. —Arthuria suspiró de nuevo—. Y en cuanto a la teoría militar… Y también me enseñan etiqueta y costumbres.

Sí, era verdad: también estudiaba etiqueta y costumbres. Las «lecciones» (si podían llamarse así) las daban varias damas nobles y respetadas de Camelot. El propio rey Uther estaba presente en las «lecciones» de la recién nombrada heredera.

Varios ministros, consejeros y el rey personalmente enseñaban los asuntos del estado y la teoría militar a la futura reina.

Y estar siempre bajo la supervisión del gobernante de Camelot hacía que Arthuria experimentara un gran estrés.

Temía constantemente decir algo incorrecto y enfadar al rey. Después de todo no estaba segura en absoluto de la fuerza de la «armadura invisible» del seguro de usuario del «Viaje multimedia a través de tiempos y singularidades».

La muchacha también tenía mucho miedo a incurrir en la ira de la reina Igraine y su hija Morgause. Consideraba sencillamente un milagro impensable que la reina y Morgause hubieran adoptado una actitud de esperar y ver y no hicieran nada contra ella.

—Lady Arthuria, ¿cómo van las preparaciones para la coronación? —Viviane trató de cambiar el tema de la conversación.

Todos ya eran muy conscientes de que la futura reina tenía un superpoder: quejarse hasta que todos los demás enfermaran mentalmente también. Eso hacía aún más paradójico que muchos súbditos sintieran simpatía por ella. Para ellos era probablemente algún tipo de prueba de que la futura reina no era una persona hambrienta de poder que abusaría de su posición.

—La coronación no va a realizarse pronto. —Arthuria se encogió de hombros—. Todos lo saben, así como el hecho de que el rey Uther sencillamente ordenó que todo se preparara por adelantado. No va a abdicar a corto plazo y gobernará mientras su salud se lo permita. Yo también deseo al rey una larga vida, porque no quiero gobernar. He evaluado objetivamente mi fortaleza y sé que no puedo cargar con esto ni tampoco asumir la responsabilidad sobre las vidas de un número tan enorme de personas.

—Tus palabras me recuerdan cierta serie de dibujos animados… —trató de bromear Lancitel.

—¡Sí, sí, ya sé de qué serie me hablas! —Arthuria puso sus ojos en blanco—. ¡Ya lo he pensado! De todos modos: ¿por qué estáis tan contentas las tres?

—¿Y por qué no deberíamos estar contentas si Lancitel y yo, como amigas de la futura reina, permanecemos en la corte? —rio Marilyn entre dientes.

—Y yo me he convertido en la adivina de la corte… —comentó modestamente Viviane.

—En otras palabras, todo el mundo se ha beneficiado de este estado de cosas, menos yo… —resumió Arthuria descontenta.

—¿Qué tiene de malo ser la reina? ¡A muchos les gustaría estar en tu lugar! —dijo inapelablemente Marilyn.

—¿Sí? ¿Entonces por qué no tomas mi lugar?

—No gracias. Soy una mala líder.

—Y yo soy esotérica —añadió Lancitel. Y luego dijo—: ¡Y he realizado un nuevo horóscopo, basado en observaciones de las estrellas locales! Después de todo, aquí hay las mismas constelaciones que en nuestras… tierras.

La muchacha (como sus amigas y Viviane), sensatamente, no usaba la expresión «en nuestro mundo». Lo entendieron de inmediato: en el castillo real de Camelot, todos podían oír todo. Incluso detrás de las puertas de los aposentos de la recién nombrada heredera del trono, la doncella no servía solo por etiqueta. Uther había indicado personalmente a la avispada muchacha que además vigilara a Arthuria y sus amigas.

—Por supuesto, aquí las constelaciones son las mismas que en nuestras… tierras —replicó Arthuria.

Y pensó para sí misma: «Después de todo, esto es también la Tierra, aunque en una singularidad diferente… Tal y como yo lo entiendo, las singularidades son algo así como mundos paralelos, otras versiones de la evolución de las realidades en el Multiverso. Tal vez haya singularidades en las que los dinosaurios no se hayan extinguido, sino que hayan evolucionado a reptiloides humanoides y hayan creado su propia civilización en la Tierra. Y en algunas singularidades, tal vez la vida no se origina en la Tierra, sino en Marte… Um. ¿Tal vez Marte está también habitado aquí? ¿O al menos es apropiado para la vida?».

Con respecto a las singularidades y versiones de la evolución de las realidades en el Multiverso, la muchacha resultaba tener toda la razón. Aunque concretamente en la Singularidad 20-01 Marte no tenía vida ni tampoco era habitable.

Entretanto, Lancitel continuó:

—¡Escucha, Arthuria! ¡He visto el efecto de Mercurio retrógrado en tu destino!

—¿Mercurio retrógrado de nuevo? —preguntó escépticamente.

—¡No infravalores su efecto sobre las vidas y destinos de las personas! —se enojó la esotérica—. ¡La gente que no hace horóscopos ni adivinaciones siempre infravalora a Mercurio retrógrado!

—Espera, tú haces horóscopos e incluso lees el tarot usando tus propios sistemas, ¿verdad? —Marilyn estaba sorprendida—. ¡Hasta donde yo sé, los astrólogos tradicionales no confían tanto en Mercurio retrógrado! ¡Y en concreto este es un fenómeno en el que hay una ilusión de que Mercurio se mueve hacia atrás! ¿Cómo puede producirse este fenómeno tan a menudo?

—¡Tengo mi propio sistema de adivinación y horóscopos! —Lancitel estaba furiosa—. ¡Y en mi sistema Mercurio retrógrado no es solo un fenómeno astronómico! ¡Es también la sensación de un aura especial y de las señales cósmicas que esta envía! ¿Qué tiene de malo que tenga mi propio sistema de adivinación? ¡En el fondo, cada adivino elige su propio método! ¡A veces, el método de adivinación surge por sí mismo, como de las profundidades del subconsciente y puede ser distinto de los generalmente aceptados! ¡Y eso no es malo en absoluto! ¡Sencillamente, el Universo te indica de ese modo que es así como puedes entender mejor sus señales!

—Sí, sí, exactamente —convino Viviane—. Mi madre, que me enseñó adivinación, también se quejaba a menudo de que yo no siempre actuaba siguiendo las reglas. Pero al final, a pesar de esto, mis predicciones seguían siendo buenas.

Viviane, como sabemos, provenía de una familia muy antigua de adivinos que habían servido a los gobernantes de Roma, la provincia del Imperio Etrusco. Hacía siete años, su predicción no agradó al gobernante local y este quiso encarcelarla. Pero ella huyó con su perro Carbo a Gran Bretaña.

En ese momento, sus padres y otros parientes repudiaron «heroicamente» a Viviane, para no caer en desgracia. Así que vivían felices en Roma y siempre contaban solo las predicciones que la gente quería oír de ellos.

—¡El Mercurio retrógrado de lady Lancitel es verdaderamente asombroso! —añadió Viviane.

—¡Oh, ya veo que me entiendes! —La joven esotérica estaba conmovida.

Marilyn y Arthuria se miraron expresivamente. Seguían sin creer en ningún Mercurio ni en horóscopos o adivinación. Aun así, la futura reina no dejó de preguntar:

—¿Qué pasa entonces con Mercurio retrógrado?

—¡Ha entrado en contacto con la Luna y está triangulando con la Tierra! ¡Y la constelación de la Osa Mayor era visible en el cielo de una forma especialmente clara! ¡Esto indica que no serás capaz de llevar a cabo lo que tienes en la cabeza! —replicó Lancitel, mirando expresivamente a Arthuria—. ¡Hice el horóscopo siguiendo mi método! ¿Cuál es entonces tu deseo al que las estrellas dicen «no» tan categóricamente?

Se quedó paralizada un momento por la sorpresa. Luego respondió tranquilamente:

—Solo quiero abdicar del trono después de un tiempo… —Aunque dijo en voz alta su secreto, seguía sin creer en las habilidades de su amiga—. ¿Quién puede impedirlo?

—Um… ¿Tal vez la falta de un candidato digno para reemplazarte? —sugirió Marilyn.

—Después de todo, el pueblo de Camelot no me querrá como reina —replicó Arthuria—. Estoy segura de que si asciendo al trono, poco después los cortesanos y el pueblo querrán que abandone.

—Um… Supongo que entonces Mercurio retrógrado indicaría que tus deseos se harían realidad, gracias al curso natural de los acontecimientos —replicó tranquilamente Lancitel.

—¿No podría equivocarse Mercurio retrógrado? —preguntó escéptica la futura reina.

—¡No puede ser! ¡Mercurio retrógrado siempre dice la verdad! —La joven esotérica estaba indignada.

—¡Es verdad, las predicciones de lady Lancitel son siempre correctas! —la apoyó Viviane.

Arthuria y Marilyn intercambiaron miradas escépticas y ambas pensaron: «¡Se conocen desde hace poco, pero ya se llevan estupendamente! ¡Es increíble!».

Sin embargo, a Marilyn tampoco le interesaba que su amiga abdicara. En cualquier caso, el bienestar de sus amigas dependía de un gobierno próspero de Arthuria.

«No quiere convertirse en reina… ¡Tal vez no debería haber colocado tanta responsabilidad sobre sus hombros!». Marilyn se sintió culpable por un momento. Pero reprimió inmediatamente cualquier remordimiento: «No. ¡Yo hice bien! ¡En este mundo, quedar a merced de una patrona desconocida no es una buena idea! Cualquiera puede perder su favor en cualquier momento… ¡Para nosotras, es mucho mejor tener nuestros propios derechos e influencia! Después de todo, tenemos que vivir en la Singularidad 20-01… ¡diez años!

»Además, me conozco muy bien y sé que no puedo ser la reina. Pero con el puesto de maga de la corte puedo manejarme. E incluso si Lancitel hubiera sacado la espada de la piedra hubiera habido muchas posibilidades de que la elección de rey hubiera sido Arthuria…Después de todo, en la conversación, le impresionó sin duda con sus ideas… Y el propio rey dijo que sacar la espada de la piedra no sería un factor decisivo…».

Estos eran los pensamientos de Marilyn. Lancitel pensaba algo similar. Arthuria por un lado entendía todo eso: que tenían que vivir en ese mundo durante diez años y que no era la mejor idea quedar a merced de una patrona desconocida (pues el favor podía desaparecer de la noche a la mañana) y que era mejor tener sus propios derechos e influencia. Pero, aun así, la perspectiva de ser responsable de las vidas de una enorme cantidad de gente y del destino de todo el reino… la aterrorizaba.

La muchacha recordó que, según el «Viaje multimedia a través de tiempos y singularidades» estaría a salvo en cualquier caso. Como mínimo, el seguro estándar de usuario incluía protección frente al envejecimiento, protección frente a cualquier tipo de violencia, protección frente al dolor y protección frente a las enfermedades.

Y además, en una situación crítica, ella y sus amigas serían transportadas automáticamente a un subespacio y criogenizadas hasta que volvieran a su tiempo y singularidad nativos.

Por supuesto, Arthuria no sabía si lo que estaba escrito en las instrucciones y el seguro del «Viaje multimedia a través de tiempos y singularidades» era verdad o no. Pero sabía algo con seguridad: si se convertía en reina, el pueblo sufriría por sus acciones ineptas. Este no tenía seguros de «Viaje multimedia» e indudablemente no sería transportado a un subespacio mientras durara el peligro. Podían morir durante una Guerra o una epidemia. Y eso la aterrorizaba…

… Mientras Arthuria, Marilyn, Lancitel y Viviane comentaban otros temas y preocupaciones cotidianas, no se daban cuenta de que su conversación era oída por una doncella que pasaba por el pasillo. Extrañamente, la doncella que, siguiendo las normas de etiqueta, estaba en pie junto a la puerta de los aposentos de la futura reina, no oía nada de su conversación en voz baja. O, más bien, oía la conversación, pero no podía distinguir las palabras.

Por el contrario, otra doncella, a quien nadie había visto o recordado en el castillo antes, pero a la que, extrañamente, nadie prestaba atención, oía perfectamente la conversación de Arthuria, Marilyn, Lancitel y Viviane. Aunque solo pasaba por delante…

Capítulo 2. El rey Uther arruina el plan de Arthuria

Tierra, la Singularidad 20-01, año 5546 desde la Creación del Mundo según el calendario del Imperio Etrusco, Gran Bretaña, ciudad de Camelot.

—¿Así que la futura reina desea abdicar poco después de la coronación? —preguntó Uther.

Estaba sentado en una sólida silla de madera en sus aposentos. Y ante él estaba la joven doncella. La que antes había pasado por el pasillo de los aposentos de su heredera al trono y había oído toda la conversación. La misma doncella a la que nadie había visto antes en el castillo y a quien, extrañamente, nadie había prestado atención. Era como si su presencia, por razones desconocidas, se hubiera convertido de repente en algo que había que dar por supuesto…

—Sí, Vuestra Majestad —confirmó.

—¿Estás segura de ello? —dijo el rey.

—Sí, Vuestra Majestad. Lady Arthuria, lady Marilyn, lady Lancitel y lady Viviane hablaban de ello en voz baja. Cualquier otra persona, incluyendo la doncella que está a la puerta de los aposentos, difícilmente habrían entendido sus palabras a través de las puertas cerradas. Pero yo tengo un oído excepcionalmente sensible.

—Um… Esto demuestra una vez más que lady Arthuria no ambiciona el poder. —El rey suspiró—. Por un lado, esto no es malo, pero por el otro, debido a ello, deseo aún más que herede el trono. Haces bien en contarme esto. ¿Cómo te llamas, hija? No recuerdo haberte visto antes en el Castillo.

—Soy Mary, Vuestra Majestad. He entrado recientemente a vuestro servicio.

—Me aseguraré de que eres recompensada, Mary. Y me aseguraré de que uso correctamente la información que me has dado.

Hubo una pausa momentánea en la habitación. Mary la rompió preguntando:

—Vuestra Majestad, ¿puedo hacer una pregunta?

—Por supuesto, hija.

—¿Qué es «Mercurio retrógrado»?

De hecho, Mary ya lo sabía. Solo que solía mantener un aire «informal» con todos. Así que a veces hacía preguntas a la gente cuyas respuestas ya sabía.

—Hija, Mercurio es el dios del comercio de Roma, la provincia del Imperio Etrusco. Muchos etruscos también lo adoran. E incluso la gente de Gran Bretaña le reza para pedirle éxito en los negocios. Y también es uno de los planetas de nuestro firmamento, que recibe el nombre del dios.

—Vuestra Majestad, soy una simple doncella con poca educación. Pero ahora ya lo sé —replicó Mary—. Hay otra cosa que no entiendo: ¿qué es «retrógrado»?

De hecho, Mary lo sabía, pero el rey quedó estupefacto por esta pregunta. Más en concreto, sabía que existe la palabra latina *retrogradus*, que significa «retirada» o «retroceso». Pero ¿cómo podía un planeta retroceder? ¡No tenía sentido!

Había oído antes esa palabra a Lancitel, pero no podía preguntar: temía quedar en evidencia. ¡Al fin y al cabo, era el gobernante de Camelot! ¡Y debía mantener todo lo posible su imagen! Por tanto, recordó rápidamente todo lo que sabia sobre astronomía y respondió lo que le pareció apropiado:

—Mary, la palabra retrógrado viene del latín para retroceder o ir hacia atrás. ¡Y es un fenómeno astronómico tal que crea la ilusión de que Mercurio se mueve hacia atrás! Por ejemplo, los astrónomos del Imperio Etrusco han observado a menudo este fenómeno y también nuestros astrónomos hablan periódicamente de él. ¡Aparentemente, en las tierras de lady Arthuria, lady Marilyn y lady Lancitel se observa a menudo!

Uther no sabía cuánta razón tenía. No sabía que Venus tenía un fenómeno similar, pero que era casi invisible a simple vista. Aun con las herramientas astrológicas más modernas era difícil de observar. Por tanto, no se sabía casi nada de ello. Sin embargo, en el mundo de Arthuria, Lancitel y Marilyn raramente se mencionaba tampoco a Venus retrógrado. Mientras que Mercurio retrógrado se había convertido en una especie de meme.

Para Mary, la respuesta del rey era perfecta:

—Si es así… —respondió pensativamente. Aunque lo sabía muy bien.

Con una gentil reverencia, la muchacha salió de los aposentos de Uther y, después de un corto paseo por el pasillo, desapareció. Sí, tal cual: desapareció. Se desvaneció en el aire, como si nunca hubiera existido.

Con respecto a Uther, todos los recuerdos de la muchacha con la que acababa de hablar habían desaparecido misteriosamente de su mente. Más en concreto, recordaba que alguien le había dicho que Arthuria quería abdicar en el futuro y que esa información era de plena confianza. Pero el rey ya no podía recordar quién se lo había dicho.

Aunque el rumbo de la historia en la Singularidad 20-01 iba exactamente como se suponía que debía ir…

***

Posteriormente, en la tarde de ese mismo día, el rey reunió a todos los cortesanos en el salón principal del castillo. Los cortesanos estaban nerviosos y no sabían qué había pasado. ¡En todo caso, una reunión tan repentina indudablemente significaba algo importante!

Uther se sentó en el trono y, junto a él, en el lugar de la reina, estaba Igraine. Morgause, al ser una persona sin título real, estaba entre el resto de los súbditos, junto con Arthuria, Marilyn y Lancitel. Es verdad: Arthuria estaba también entre los súbditos corrientes. Aunque había sido declarada heredera del trono, aún no se había realizado la coronación y no era pariente directa del rey. Por tanto, su estatus entonces era más alto que el de Morgause, pero inferior al de Igraine. Y no era igual al del rey.

Lancitel y Marilyn en ese momento no tenían estatus oficiales, pero eran amigas íntimas de la futura reina. Por tanto, todos en la corte entendían que su estatus era superior al de los cortesanos ordinarios. Pero estaba por debajo de la hija de la reina actual y sus consejeros. Por decirlo así, eran «futuras consejeras y personas íntimas» de la siguiente gobernante de Camelot.

Todos los súbditos estaban en pie a distintas distancias del trono. Es decir, los cortesanos de mayor estatus estaban más cerca del trono y los de menor lejos de él. Por tanto, Morgause, Arthuria, Marilyn, Lancitel y los consejeros estaban al frente. Detrás de ellos estaban el resto de los cortesanos. Viviane estaba en la última fila. Aunque se hubiera convertido en adivina de la corte, no tenía demasiada influencia.

En resumen, la corte de Camelot tenía muchas convenciones propias.

—¡Mis súbditos! —proclamó en voz muy alta el rey.

Era imposible percibirlo por su apariencia, comportamiento y voz, pero en realidad se sentía muy mal. Sin embargo, hacía todo lo posible para mantener la compostura.

—¡Os he reunido tan rápidamente en este salón por un asunto urgente! ¡Y este afecta a la heredera del trono, lady Arthuria!

Todos se quedaron atónitos. Diversos pensamientos se arremolinaban en las cabezas de la gente. ¿Había hecho lady Arthuria algo malo? ¿Había desatado la ira de Uther? ¿O el rey había decidido no entregar el poder a la extranjera de origen desconocido? Pero ¿y la palabra real dada por Su Majestad de que el ganador del Juicio Real sería su heredero? ¿Iba a romper la palabra real? ¡Era algo indigno!

La reina Igraine miró furtivamente a su esposo. «¿Ha cambiado de opinión y ha decidido privar a esta muchacha extranjera del estatus de heredera? ¡Por fin! ¡Esa muchacha y sus amigas me molestan! ¡A penas puedo contenerme sin realizar un gesto inapropiado contra ellas! No se puede saber qué tipo de influencia podrían tener estas tres en el futuro…».

Lo único que agradaba a Igraine en esta situación era el hecho de que Viviane se había convertido en adivina de la corte. La bruja del bosque se había ganado una buena reputación. Y, aunque Igraine había recibido una vez la desalentadora predicción de que lograría lo que quería (es decir, convertirse en gobernante única), pero le llevaría mucho más tiempo de que esperaba originalmente la reina, consideraba las predicciones de Viviane muy fiables.

A la vista de los acontecimientos recientes, empezaba a parecerle a la reina que ellas eran la razón del retraso en el cumplimiento de sus deseos. «Pero si el rey destierra ahora a estas muchachas, ¿qué me impediría cumplir con mi plan? ¡No va a llamar a Minerva a gobernar Camelot!», pensó irritada.

La misma «culpable» de la reunión en el salón también estaba perdida: ¿qué estaba pasando? ¿Había enfadado de algún modo al rey? ¿La consideraba inapropiada para gobernar el país? ¿Al rey no le gustaban los resultados de sus estudios? «En todo caso, no me importaría que todo este sinsentido acabara. No quiero gobernar, no importa lo que digan Marilyn y Lancitel».

Las propias Marilyn y Lancitel pensaron con tristeza que lo más probable era que tuvieran que abandonar su estatus de amigas e íntimas de la heredera al trono.

En ese momento, el rey dijo:

—¡Mis súbditos! ¡Como todos sabéis, en el Juicio Real lady Arthuria demostró a todos que su futuro poder sería una carga para ella!

«¡Sí! ¡Deja que me vaya! ¡Líbrame de estas tareas! ¡No quiero ser la reina!». Arthuria apenas pudo suprimir un jubiloso grito de alegría y contuvo con mucha dificultad una sonrisa.

«¡No! ¡Ha ocurrido! ¡Tendremos que buscar una patrona y confiar en sus caprichos!», pensaron tristemente en ese momento Marilyn y Lancitel.

Sus emociones eran compartidas por los partidarios de la nueva heredera, que no querían de ninguna manera ver a Igraine en el trono.

«¡Sí! ¡Deshazte de esas jóvenes, viejo idiota!», se alegró mentalmente Igraine. «¡Que sean músicas de corte para alguna noble! ¡Es lo que les corresponde!».

«Por fin. El rey va a quitarle a esta forastera su estatus de heredera», también se regocijó mentalmente Morgause.

Sus emociones eran compartidas por sus partidarios. El rey continuó:

—¡Así que quero dictar un decreto real!

Hubo un tenso silencio en el salón en ese momento.

—¡De acuerdo con ese decreto, yo, Uther Pendragon, rey de Camelot, por mi poder y voluntad regia, ordeno: Lady Arthuria sigue siendo mi heredera y principal aspirante al trono! ¡Pero como se convertirá en gobernante de Camelot sin ser miembro de la familia real, no podrá abdicar del trono en diez años! ¡Si lady

Arthuria muere prematuramente sin dejar herederos o sin elegir a una persona apropiada para ser la nueva gobernante, el trono de Camelot pasará, por derecho de sangre y sucesión, a mi sobrina nieta, lady Minerva, de la familia Herminia! ¡Este es mi decreto real! ¡El documento correspondiente ya ha sido redactado y sellado personalmente por mí! ¡Asimismo, he enviado varias copias del decreto al Imperio Etrusco a través de mensajeros fieles! ¡Y mi querida sobrina nieta, lady Minerva, así como el gobernante del Imperio Etrusco lo sabrán!

Todos en el salón quedaron paralizados, tratando de entender lo que habían oído. Y cuando se dieron cuenta, como cabía esperar, los partidarios de la nueva heredera al trono y oponente a Igraine se alegraron. Mientras que los partidarios de Igraine y Morgause, por el contrario, se dieron cuenta que todos los «desvíos» les habían quedado cegados.

Arthuria solo pensó: «Mierda... Voy a tener que asumir una responsabilidad enorme... ¡Por lo que se ve, la mente de Uther está obnubilada! ¡Entrega Camelot a las manos de la extranjera, es decir, a mí! Y, si me pasa algo, Camelot quedaría bajo el gobierno de Minerva... ¡Eso sería en la práctica como convertirse en otra provincia del Imperio Etrusco!».

Marilyn y Lancitel también entendían esto. Y pensaban: «¡Qué bien pensado! Ahora Arthuria no podrá abdicar. Y nuestra vida tranquila durante los próximos diez años estará asegurada».

—¿Qué? ¿Una extranjera sin raíces o la muchacha del Imperio Etrusco? —exclamó Igraine, incumpliendo todas las normas de etiqueta y saltando de su trono—. ¡Pensadlo de nuevo, Vuestra Majestad!

Igraine sabía mejor que nadie que Uther había «atado» de pies y manos a todos con esa orden. La muchacha que no quería el poder se vería obligada a gobernar durante al menos diez años. Y podía tanto cruzarse de brazos como ser una gobernante eficaz.

En ese mundo y tiempo, el concepto de «psicólogo» aún no existía, pero en el mundo y tiempo de Arthuria, Lancitel y Marilyn, Uther habría sido calificado como un psicólogo sutil. Es verdad que no entendía las buenas intenciones de Igraine, porque sus visiones del mundo eran muy distintas, pero durante la conversación en el Juicio real, se dio cuenta de que Arthuria no abusaría del poder. No abusaría de su puesto, y tampoco sus amigas.

Al privar a Arthuria de la posibilidad de abdicar en los próximos diez años, Uther también privaba a Igraine de la posibilidad de ascender al trono. Ahora era inútil presionar a Arthuria para que abdicara: no podría hacerlo, debido a la voluntad del rey anterior. Y si algo le pasaba, entonces Minerva se convertiría en su heredera. Y por tanto, Camelot se convertiría efectivamente por defecto en una provincia del Imperio Etrusco.

Por supuesto, Uther no podía proteger a la futura reina frente a posibles presiones de sus opositores, pero sabía que había suficientes opositores a Igraine en la corte que no dudarían en enfrentarse a ella. Y, en ese caso, «el enemigo de mi enemigo es mi amigo». Es decir, los opositores a la reina actual, para hacerla daño, apoyarían a Arthuria.

—Esta es mi decisión real —replicó tranquilamente entretanto Uther a Igraine—. Mi reina, por supuesto, vuestras palabras y órdenes son también importantes y sois la segunda persona en el reino detrás de mí. Pero sigo siendo el gobernante de Camelot y por tanto mi palabra es ley. También te recuerdo que el Imperio Etrusco pronto conocerá también mi voluntad.

—¡Vuestra Majestad…! —trató de protestar Igraine.

Pero el rey la detuvo con un gesto.

—Es mi voluntad —repitió—. El Juicio Real era también mi voluntad y en él fui capaz de elegir al mejor candidato y conocí a mi sobrina nieta. Por tanto, considero resuelto el problema del heredero.

La reina a duras penas podía contenerse para no caer en un ataque de furia y empezar a gritar a su marido. La ira se había apoderado de Igraine hasta el punto de que apenas podía controlarse. Morgause, de pie entre los cortesanos, estaba sencillamente paralizada, incapaz de creer lo que estaba pasando: todo le parecía un mal sueño. Los partidarios de su madre eran también incapaces de creerlo y apenas podían contener sus emociones.

Los opositores a la reina actual, y consecuentemente partidarios de Arthuria, entendieron que habían «ganado la batalla».

Uther continuó hablando:

—Por el bien de Camelot y de toda Gran Bretaña, os ordeno a todos acatar mi decisión y no tratar de resistiros a mi orden, para no causar así desorden en el reino.

—Sí, Vuestra Majestad… —dijo Igraine molesta mientras se volvía a sentar en su trono.

«¡Viejo idiota!», pensó. «¡Se ha vuelto completamente loco! ¡Decir esas cosas delante de tantos testigos! ¡Ahora, si intento enfrentarme a esa muchacha sin raíces, el reino podría entrar en conflicto y Minerva tendría motivos para ascender al poder y Camelot se convertiría en una provincia etrusca! ¡Aunque su poder haya sido contestado y ahora no sea capaz de conquistar toda Gran Bretaña, tienen poder suficiente como para subyugar Camelot y, cansado del conflicto, el pueblo acabaría apoyando a la nieta de Ambrosius!

Tenía razón: en caso de producirse eso, mucha gente apoyaría finalmente a la nieta de Ambrosius, Minerva. Además, en el Juicio Real, había mostrado ser una persona digna del cargo.

Es verdad que al principio la gente juzgó negativamente a la muchacha del Imperio Etrusco e incluso cuando descubrieron que era la nieta del rey anterior, que seguía siendo una leyenda, la actitud seguía siendo de desconfianza. Pero si Minerva obtenía repentinamente el apoyo de señores y damas influyentes era muy probable que cambiara la actitud del pueblo hacia ella.

… Entretanto, el rey seguía hablando. Incluso leyó su testamento, escrito con el sello real, delante de todos los cortesanos. Nadie daba mucha importancia a este hecho. Aun así, los reyes a menudo leían sus testamentos en público para que posteriormente, tras su muerte, no hubiera problemas.

De acuerdo con el testamento de Uther, confirmaba de nuevo que la ganadora del Juicio Real, Arthuria, se convertía en heredera al trono. Era ella quien, después de su muerte o abdicación, se convertiría reina legítima. Sin embargo, como la futura reina era extranjera y sabía poco acerca de las costumbres del país, se crearía un Consejo Real a su servicio, que, a su vez, incluiría a los consejeros del rey actual, cortesanos respetables, líderes de los caballeros e, inesperadamente para todos, la actual reina Igraine y su hija Morgause.

El Consejo Real tendría derecho a discutir diversos asuntos públicos, así como de vetar órdenes de la reina Arthuria que fueran contrarias a las políticas e intereses del reino. Todos los asuntos polémicos dentro del consejo se resolverían mediante el voto de sus miembros. La decisión final sería la que obtuviera más votos.

La reina Arthuria también tendría derecho a vetar a las decisiones del consejo si, en su opinión, eran contrarias a los intereses del reino.

Arthuria también tendría derecho a nombrar cortesanos y otorgar títulos y, además, podía proponer nuevos candidatos al consejo, pero el número de personas en el consejo propuestas por ella no debería exceder el número de consejeros nombrados por Uther.

Si a alguno de los miembros del Consejo Real nombrado por Uther le pasara algo: muerte o una enfermedad grave que le imposibilitara continuar cumpliendo con sus tareas, debía elegirse a un nuevo miembro del consejo. Por supuesto, la persona apropiada sería votada por los miembros del consejo nombrados por Uther.

Asimismo, la actual reina Igraine tenía derecho a permanecer en la corte bajo el título de lady Tintagel y reina Dowager. Se quedaría con todas las joyas y recursos financieros recibidos durante su matrimonio con Uther.

Morgause también podía quedarse en la corte como hija de lady Tintagel. Todas sus joyas y recursos financieros recibidos mientras su madre había sido reina seguirían siendo suyos.

Arthuria, al convertirse en reina, tendría el derecho a casarse para que el reino tuviera un heredero legítimo, pero si no se casaba ni tenía hijos tenía derecho a nombrar a cualquier persona digna del cargo como heredera al trono.

A la muchacha le agradó que al menos el matrimonio no fuera obligatorio para ella. Después de todo, no quería crear una familia en otro mundo.

El rey leyó su testamento durante un largo rato, listando qué cortesano tenía que hacer qué.

Nadie sabía lo que los esperaba en el futuro cercano…

***

Una semana después de la prohibición de abdicación de Arthuria y el anuncio de su testamento delante de la corte, el rey Uther murió repentinamente de un infarto durante una audiencia matinal con sus súbditos.

Nadie sabía (solo unos pocos lo sospechaban) que Su Majestad se había sentido muy mal últimamente. Lo ocultaba cuidadosamente, pues temía agitaciones innecesarias.

Por supuesto, todos sabían que el viejo rey no iba a vivir mucho, pero nadie esperaba que todo ocurriera tan rápidamente…

Muchos lloraron sinceramente al difunto rey. Era un buen líder. Incluso Igraine y Morgause lo lloraron amargamente. Sí, Igraine se quejaba mentalmente a menudo de su marido y lo consideraba demasiado blando e incluso que el viejo había perdido la cabeza, pero llevaban viviendo juntos muchos años. Estaba más ligada a él de lo que pensaba...

Podría decirse que para Morgause Uther reemplazó a su padre, aunque siempre, siguiendo el ceremonial, mantuvieron una distancia emocional. Por desgracia, no recordaba a su propio padre, el duque Gorlois: había muerto cuando era una niña... Y aunque, igual que su madre, consideraba que Uther era un gobernante demasiado benévolo y que a menudo tomaba malas decisiones, Morgause también lo lloró amargamente.

Arthuria, Marilyn y Lancitel habían conocido al rey por poco tiempo. Pero habían entendido que no era una mala persona, a pesar de sus rarezas, y las muchachas estaban tristes.

Viviane también lo lloró. Al contrario que Igraine, Morgause y sus partidarios, la bruja del bosque, ahora adivina de la corte, creía que Uther no había sido un mal gobernante. Lo comparaba mentalmente a menudo con el gobernante de Roma del que había huido. ¡Este era sin duda un loco y un tirano! Por el contrario, Uther había intentado seguir una política pacífica y escuchar a sus súbditos, aunque no siempre hubiera actuado correctamente.

Pero Viviane sabía que, a pesar de las dudas que atenazaban a mucha gente acerca de la futura reina, todo iría bien. Por supuesto, la propia adivina no entendía realmente cómo era eso posible. ¡Era verdad que la reina y sus amigas eran inteligentes y educadas, pero también eran jóvenes y sin experiencia! Además, Arthuria ya estaba cansada del poder, incluso antes de tener tiempo para ejercerlo… ¿Cómo podía gobernar esa muchacha? Aun así, era poco probable que se convirtiera en una reina peor que Igraine. Aun así, lady Tintagel era realmente dura. Sin embargo, si la gente de Camelot no hubiera vivido tantos años bajo el gobierno moderado de Uther, habría aceptado inmediatamente y sin dudarlo a una reina como Igraine. Pero al haber vivido tantos años bajo Uther, mucha gente sencillamente no podía aceptarla como gobernante. Salvo que no hubiera ninguna alternativa en absoluto…

Sin embargo, como sabemos, el destino había decidido otra cosa y la forastera, la muchacha de otro mundo, Arthuria, debía convertirse pronto en reina.

Viviane había practicado la adivinación sobre ella varias veces. Y el resultado era asombroso todas las veces: el reinado de la nueva reina estaría lleno de sorpresas y rarezas, pero sería en general bueno y llevaría a las tierras de Camelot a la prosperidad.

… Pronto tuvo lugar la ceremonia funeraria de Uther. Se llevó a cabo de acuerdo con todos los protocolos. De acuerdo con antiguas costumbres, el cuerpo del fallecido fue cremado en una pira funeraria y los sacerdotes de las antiguas deidades (Danu, Dagda, Cernunnos y otros) realizaron los rezos adecuados.

Después de varios días de luto, tuvo lugar la ceremonia de coronación de la nueva reina Arthuria. Debido a los desgraciados acontecimientos y el poco tiempo de preparación, la ceremonia fue mucho más modesta y apresurada de lo planeado.

Fue así como, anonadada por su nuevo estatus y la enorme responsabilidad que recaía de repente sobre ella, Arthuria se convirtió en la nueva reina de Camelot.

Con su primer decreto, concedió a Marilyn el cargo de maga de la corte y a Lancitel, el de adivina personal y caballera...

Parte 4. Reformas en Camelot y la batalla «épica»

Capítulo 1. La nueva reina de Camelot, su maga de la corte y la adivina y caballera

Tierra, la Singularidad 20-01, año 5547 desde la Creación del Mundo según el calendario del Imperio Etrusco, Gran Bretaña, ciudad de Camelot, un año después de la muerte del rey Uther Pendragon

—Así que, queridos miembros del Consejo Real, declaro inaugurada la nueva reunión —dijo Arthuria.

Ha pasado un año desde la muerte de Uther y su coronación y asimismo casi un año desde la firma de la alianza entre Camelot y el Imperio Etrusco contra los sajones, aunque en buena medida era solo una alianza formal y todo se reducía esencialmente a intercambio de información.

Muchos cortesanos estuvieron preocupados al principio por que Uther, poco antes de su muerte, hubiera notificado al Imperio

Etrusco que, en ausencia de otros herederos, el trono de Camelot sería heredado por Minerva.

Debido a esto, los cortesanos de Camelot temían que el Imperio Etrusco invadiera legítimamente sus tierras. ¡Después de todo, Minerva era la sobrina nieta de Uther y la nieta de Ambrosius! Pero Minerva no ansiaba el poder y el imperio tenía otras preocupaciones, así que se limitaron a tomar nota de esta información y no iban a invadir nada.

Aparte de eso, para Arthuria ese año había sido lo que a veces se llamaba en su mundo «un grano en el culo». Demasiada responsabilidad para una simple estudiante. Había mucho que hacer y también se daba cuenta de que todo lo que había estudiado en la universidad (y estudiaba, como sabemos, para ser profesora de historia) en realidad no le ayudaba en ese mundo y tiempo, aunque probablemente sin ese conocimiento básico acerca de la vida y la estructura de la sociedad del pasado las cosas le habrían resultado aún más difíciles…

… Entretanto, todos los miembros reunidos del Consejo Real se sentaron en la mesa redonda. y la habitación se llenó enseguida con los sonidos característicos de sillas moviéndose y arrastrándose.

Sí, exactamente: la legendaria mesa redonda que estaba presente en las leyendas del rey Arturo en el mundo de Arthuria, Marilyn y Lancitel también existía aquí. Aunque aquí la mesa redonda no era especial o legendaria, sino más bien solo un mueble en la sala donde tenían lugar las reuniones. Y no eran los caballeros de la mesa redonda los que se sentaban a esta mesa, sino el Consejo Real.

—Queridos miembros del Consejo Real, según los informes que he recibido, hay varias cosas en la agenda —continuó Arthuria—. Y la primera de ellas es que quiero oír de vosotros con más detalle cómo van las reformas que estoy implantando. Empecemos por la primera: ¿qué éxito están teniendo los nuevos platos que hemos propuesto la maga de la corte lady Marilyn, la adivina y caballera lady Lancitel y yo?

—¡Sí, Vuestra Majestad! —replicó sir Gawain. En el mundo de Arthuria, este era el nombre de uno de los caballeros de la mesa redonda y, en la Singularidad 20-01, era el nombre de un consejero del rey anterior que había entrado en el Consejo Real. Era de mediana edad y se ocupaba de los suministros y la conservación de las cosechas—. ¡Los platos propuestos por Vuestra Majestad, lady Lancitel y lady Marilyn son muy populares! ¡Los bocadillos, la pizza y el té de hierbas son especialmente populares!

Lancitel y Marilyn, que ocupaban sus puestos a ambos lados de Arthuria, se miraron expresivamente. Y las tres muchachas pensaron al mismo tiempo y de la misma manera (estaban «en la misma onda», así que a menudo pensaban lo mismo): «En esta singularidad no hay diversiones cotidianas ni cosas para disfrutar que nos sean familiares, así que hemos empezado a "presentarlas" en el reino bajo el disfraz de reformas. Y a mucha gente les gustan… En realidad, no sabemos cocinar, pero con la "mente colectiva" hemos podido cocinar distintos tipos de bocadillos, pizzas, ensaladas y tés de hierbas».

—Pero las ensaladas son menos populares. Por desgracia, no hemos podido encontrar ingredientes de los que habláis —continuó entretanto Gawain—. Especialmente la misteriosa «patata» que describís es desconocida para todos, incluso para viajeros en el Imperio Etrusco. Y muchas hortalizas, como la calabaza y la col, no suelen cultivarse en nuestras tierras. Aunque sí se cultivan en el Imperio Etrusco. Así que podemos comprar semillas.

—¿Y por qué no traerlas? —preguntó Lancitel—. ¿No sería más fácil comprar hortalizas a los etruscos?

—Es muy difícil —replicó Gawain—. Las hortalizas se estropearían durante un transporte tan largo.

—Es una pena, pero es verdad… —se quejó Arthuria.

«No hay neveras en este mundo…», se dijo mentalmente.

—Muchas posadas y tabernas han empezado a preparar los platos de los que nos habéis hablado Vuestra Majestad, lady Lancitel y lady Marilyn —dijo de nuevo Gawain—. ¡La fama de estos platos originales se ha extendido entre la gente e incluso los habitantes de otros reinos de Gran Bretaña vienen aquí a probarlos! ¡Eso ayudará a reponer el tesoro de nuestro reino!

—¡Magnífico! ¡Desarrollo del turismo! —se alegró Arthuria. No se dio cuenta de que había usado una palabra desconocida en esa singularidad. Pasaba a veces, pero todos lo atribuían al hecho de que la nueva reina era una extranjera. Pero, de todos modos, la muchacha trataba de no usar palabras que no pudieran entender los locales.

—¿Turismo? ¿Qué es eso? —preguntó escéptica Igraine, de quien ya sabemos que se había convertido en miembro del Consejo Real. Permanecía en la corte bajo los títulos de lady Tintagel y reina Dowager.

—Se llama así a cuando gente de otros países y tierras van a algún lugar para algo —trató de explicar Arthuria—. ¡Por ejemplo, ver los paisajes o sus funciones de teatro o probar la cocina local! Es útil para quien atrae a los turistas con estas cosas, porque produce ganancias para el tesoro.

La relación de Arthuria, Marilyn y Lancitel con Igraine, Morgause y sus leales no había mejorado mucho a lo largo del año. Se mantenían en un estado que las muchachas llamaban de «guerra silenciosa». Es decir, una especie de relación fría y viscosa que no llegaba a ser un conflicto pronunciado.

Igraine, Morgause y su «bando» no actuaban abiertamente contra la nueva reina, sus amigas ni su «bando». Sabían que, si pasaba algo, todas las sospechas recaerían sobre ellos. Y la nueva reina y sus «extrañas» (según Igraine, Morgause y sus aliados) reformas tenían muchos partidarios.

A veces, Arthuria, Marilyn y Lancitel pensaban en eso. Les parecía que una actitud tan razonable de lady Tintagel y sus seguidores hacia las tres lo causaba el seguro estándar del «Viaje multimedia a través de tiempos y singularidades».

Las muchachas no sabían que el seguro no suavizaba la actitud de otros hacia ellas, sino que solo proporcionaba, si era necesario, una armadura invisible. Pero aún no habían tenido la posibilidad de ser conscientes de esa parte del seguro.

—Bueno, el hecho de que el tesoro se reponga por gente que ha venido a nuestro reino para probar platos novedosos es cierto —replicó entretanto Igraine. No estaba de acuerdo muy a menudo con la nueva reina, pero a veces sí admitía que eran útiles algunas de las nuevas y extrañas reformas.

—Exacto, reponer el tesoro es nuestra prioridad —asintió Arthuria—. Cuantas más reservas, mejor.

—Permitidme que os informe, Vuestra Majestad —dijo entretanto lady Ginebra.

En el mundo de Arthuria, Marilyn y Lancitel, Ginebra era la esposa del rey Arturo, hija del rey Leodegrance, aunque aquí no era un rey, sino uno de los señores leales a Uther.

El propio Leodegrance era un anciano (tenía casi la misma edad que el difunto rey), así que Uther nombró sabiamente a su inteligente hija, lady Ginebra, para el Consejo Real. En la Singularidad 20-01 había cumplido treinta y cinco años ese año y en el pasado se había casado con un vasallo de su padre, había tenido un hijo varón y había enviudado. El muchacho, hijo único de Ginebra, permanecía en las tierras de su abuelo, lord Leodegrance mientras su madre trabajaba en la corte. Ya desde los tiempos de Uther era responsable de las relaciones con los gremios de artesanos y ahora seguía haciendo prácticamente lo mismo, tomando parte además en las reuniones del Consejo Real.

Al principio recelaba de la nueva reina, pero gradualmente se fue acostumbrando. Era a través de Ginebra como la nueva gobernante de Camelot, su maga de la corte (Marilyn) y su adivina-caballera (Lancitel) expresaban sus ideas a los jefes de los gremios de artesanos.

A lady Ginebra y los jefes de los gremios de artesanos les gustaban estas ideas. Sus negocios iban «viento en popa», porque se extendían rápidamente los comentarios sobre nuevos productos extravagantes y, por supuesto, la gente de tierras lejanas acudía a comprarlos.

—Sí, lady Ginebra, proceda, por favor —respondió entretanto Arthuria.

—Los gremios de sastres han informan de que los nuevos diseños, elaborados de acuerdo con los dibujos de Vuestra Majestad, así como los de lady Marilyn y lady Lancitel, son muy populares —dijo Ginebra.

Ni Arthuria ni Marilyn ni Lancitel sabían coser. Pero no les gustaba la ropa local y la falta de ropa interior normal. Y una de las primeras órdenes para los sastres de la corte después de la entronización de la nueva reina y el otorgamiento de títulos a sus amigas fue elaborar ropa, incluida la interior. Las muchachas dibujaron las prendas necesarias en pergamino. Trataron de no abusar, porque entendían que las camisetas y los pantalones cortos no serían muy apropiados en ese mundo y tiempo. Pero las muchachas querían vestidos más cómodos, algo pareció a camisetas interiores (en lugar de sostenes) y, por supuesto, braguitas. También paños de tela reusables que se pudieran lavar.

Los sastres de la corte fueron capaces de dibujar patrones para la reina y sus dos damas de corte y les interesaron mucho las camisetas interiores, las braguitas y los paños.

Entonces las mujeres sastres preguntaron: ¿podían coser las mismas «cosas asombrosas y muy cómodas» para sí mismas? Por supuesto, a Arthuria, Marilyn y Lancitel no les importó.

Pronto se extendieron rumores por todo el castillo real y la nueva ropa interior y los paños se hicieron muy populares entre las damas de la corte. Y después de un tiempo, las damas de la corte también empezaron a usar los nuevos vestidos…

Arthuria, Marilyn y Lancitel se dieron cuenta de que cosas tan sencillas podían beneficiar a la economía local y, después de consultar con Ginebra y los sastres de la corte, empezaron a trasladar sus ideas a los gremios de la ciudad.

Al principio, solo se pudo énfasis en la ropa femenina. Sin embargo, después de un tiempo, los sastres de la corte dijeron a la reina, la maga de la corte y la adivina-caballera que los hombres de la corte, tras conocer las braguitas, querían también «cosas asombrosas y muy cómodas» muy similares para ellos. Las muchachas se quedaron sorprendidas, pero hicieron diseños de calzoncillos y empezaron a idear ropa masculina y los sastres de la corte los completaban. Así que, en un plazo breve de tiempo,

Ginebra entregó a los jefes de los gremios de la ciudad «una línea de moda masculina»…

Y sí, los calzoncillos tenían ahora una gran demanda entre los hombres. Lo siguiente más popular eran los calcetines…

… Ginebra siguió informando del éxito de las nuevas ropas y usaba palabras que Arthuria, Marilyn y Lancitel habían introducido inadvertidamente en el léxico local:

—La ropa interior, trajes y vestidos, pantalones al nuevo estilo y sudaderas son muy populares tanto entre hombre como entre mujeres. ¡Además, los bolsos que sugeristeis como reemplazo de las cestas tiene mucho éxito entre las mujeres! También son muy populares entre los hombres, aunque de mayor tamaño. El gremio de costureros asimismo tiene buenas noticias: ¡También los sombreros de punto, las bufandas y los jerséis son increíblemente populares! ¡Los comentarios sobre la nueva moda se han extendido tan rápido que gente de distintos reinos viene a Camelot a comprar ropa a nuestros sastres y costureros! ¡Son muchos ingresos adicionales para el tesoro!

—¿Y qué hay de los muebles, lady Ginebra? —preguntó Marilyn.

Lo cierto es que en ese tiempo y Singularidad, el mobiliario era bastante limitado. Las camas solo las usaban las personas ricas, mientras que los pobres dormían en jergones rellenos de paja o heno. La ropa y los objetos de la casa se almacenaban en arcones. Otros muebles eran mesas sencillas de distintos tamaños, taburetes o bancos. La gente rica podía permitirse sillas de madera. También estaban presentes en la vida cotidiana los estantes y repisas primitivas. Y las damas nobles tenían algo parecido a tocadores: una pequeña mesa con un espejo donde se guardaban las joyas y los cosméticos.

Pero no había armarios similares a los de Arthuria, Marilyn y Lancitel. Por supuesto, no se podían ni imaginar cosas como cajoneras, equivalentes a sillas de oficina, mesas de centro, escritorios, etc.

Y, para hacer confortable su estancia forzosa de diez años en ese mundo, las muchachas decidieron poner en práctica sus ideas.

Marilyn se ocupó del tema de los muebles. Al ser una buena matemática, fue quien calculó las proporciones de los muebles y los materiales y comentó personalmente muchos puntos con los jefes de los gremios de carpinteros. Por eso estaba muy preocupada sobre cómo les iba a sus creaciones.

—Lady Marilyn, los armarios se han hecho muy populares —informó Ginebra—. Muchos talleres de carpintería reciben órdenes de fabricación y gente de otros reinos viene a Camelot a comprar armarios. Cajoneras, escritorios y mesas de centro son muy populares entre la nobleza. También el proyecto «secreter» que has propuesto recientemente ha sido un éxito absoluto entre los ciudadanos ricos.

Marilyn sonrió contenta. Por supuesto, los secreteres eran populares en su mundo en el pasado, pero decidió considerar también ese proyecto, con vistas a reponer el tesoro real y no se había equivocado.

Ginebra continuó informando:

—También entre los ciudadanos ricos hay una gran demanda de camas con cajones integrados. Todos admiten que es muy cómodo almacenar cosas bajo la cama, pero, por razones evidentes, fabricar esos productos consume mucho tiempo y por eso el coste es muy alto. Así que la gente corriente ha empezado a tratar de fabricar algo similar por sí misma. ¿Qué creéis que se puede hacer? ¿No sería esto competencia a los talleres de artesanos?

—Está bien. —Marilyn sacudió la cabeza—. Es improbable que esto se convierta en una competencia, ya que la gente corriente ya hacía a menudo sus propios muebles antes de esto. Los ciudadanos más pudientes piden los productos a los maestros, porque, por razones obvias, los muebles de fabricación casera y la obra de un maestro no pueden compararse en calidad.

Ginebra asintió y replicó:

—Sí, tenéis razón.

Ya sabía en términos generales cuál iba a ser la respuesta. Pero tenía que preguntarlo, de acuerdo con las formalidades de la corte, porque la historia local del pasado conocía a verdaderos gobernantes tiranos, quienes, con sus decretos, dictaban extrañas prohibiciones. Y todos los que violaban dichas prohibiciones eran ejecutados despiadadamente.

Por tanto, todo tipo de aclaraciones eran una parte importante de la etiqueta de la corte para evitar consecuencias desagradables e innecesarias en el futuro.

—Lady Marilyn, también tengo que deciros que tus mesillas de noche son igualmente muy populares —añadió Ginebra. Y luego preguntó—: ¿Me permitís informar sobre la construcción de una escuela gratuita en la ciudad?

—Sí —asintió Marilyn.

Tanto ella como Arthuria y Lancitel decidieron en uno de sus primeros decretos que era necesario aumentar el nivel de alfabetización entre la población. Las estadísticas de gente que sabía leer y escribir no eran alentadoras en absoluto…

Formalmente, la orden para combatir el analfabetismo la dio Arthuria. Había fondos en el tesoro para ello (tanto para la construcción de escuelas como para su mantenimiento). Pero la construcción en sí misma en distintos lugares estaba supervisada por Marilyn.

Había pocas escuelas. Aun así, en esa Singularidad y tiempo la población de todo el planeta era la misma que en el mundo de Arthuria, Marilyn y Lancitel durante la Edad Media. Sí, es verdad que la población de todo el planeta era de aproximadamente doscientos o trescientos millones. No era posible calcularla más exactamente.

Por tanto, la población de toda Gran Bretaña, por razones obvias, era incluso menor. Y el motivo era la falta de una medicina normal y el alto grado de mortalidad de niños y mujeres durante el parto. Una simple gripe y sus complicaciones podían ser fatales. Y debido al duro trabajo físico, el cuerpo humano sufría pronto consecuencias negativas y con cuarenta años la gente ya parecía avejentada. Por supuesto, no todos. Los ciudadanos pudientes y los nobles no tenían que hacer tanto esfuerzo físico y tenían mejor aspecto. Pero no tenían una mejor protección frente a enfermedades…

Por supuesto, ni Arthuria ni Marilyn ni Lancitel podían ayudar a los locales en relación con la medicina. Ninguna de ellas tenía suficientes conocimientos sobre ello.

Pero sí que podían combatir el analfabetismo. Y aumentar el nivel de alfabetización, como se sabe, lleva a ampliar los horizontes propios. Y tal vez de aquellos chicos que reciban una educación en esas escuelas públicas gratuitas podían surgir nuevos doctores.

… Ginebra informó sobe la construcción de escuelas, que realizaban los gremios de carpinteros y albañiles. Y luego pasó a informar sobre la construcción de hospitales públicos gratuitos, que también realizaban los gremios de carpinteros y albañiles.

Sí, es verdad que Arthuria, Marilyn y Lancitel no podían dar a la gente local una medicina normal, pero al menos podían hacer más accesible la que estaba disponible.

Las propias muchachas, gracias al seguro estándar de usuario del «Viaje multimedia a través de tiempos y singularidades», no enfermaban.

«Y tampoco necesitamos compresas», pensó involuntariamente Arthuria. «Probablemente por el hecho de que el seguro de usuario protege nuestros cuerpos frente a cambios en todo lo posible, ni yo ni Marilyn ni Lancitel tenemos periodos en este mundo y tiempo… ¡Además, ni siquiera nos ha crecido el pelo! Si se corta, vuelve casi inmediatamente a su longitud original…».

Sin embargo, a pesar de sus reflexiones y comentarios mentales, Arthuria escuchaba atentamente a Ginebra. La construcción de hospitales progresaba bastante aprisa.

—¡Los gremios de carpinteros, albañiles y demás artesanos dicen que podrían finalizar antes de tiempo! ¡Y todo gracias a vuestras asombrosas máquinas, lady Marilyn! —continuó diciendo Ginebra.

Marilyn por fin había podido aplicar su pasión por la mecánica. De acuerdo con sus diseños y bajo su supervisión, herreros y carpinteros hábiles habían construido grúas primitivas, así como excavadoras. Había sido capaz de diseñar varios carros mecánicos para así poder mover pesadas cargas fácilmente.

Los carros se movían con máquinas mecánicas, pero no podían recorrer distancias largas: las cadenas y correas de las máquinas tenían que ajustarse a menudo. Pero para la construcción, para mover y transportar materiales, resultaban ser sencillamente irremplazables.

Gracias a su conocimiento de las matemáticas y la mecánica, Marilyn había reforzado enormemente su puesto de «maga de la corte». Su conocimiento era muy superior al de los mecánicos del Imperio Etrusco. ¡Y para los locales casi parecía magia!

Por cierto, acerca de la mecánica: después de que Arthuria «sacara la espada de la piedra» durante el Juicio Real, Marilyn cegó el agujero en la «piedra» sin que nadie lo advirtiera. Así que nadie más conocía el secreto de Caliburn.

… Ginebra, entretanto, continuaba:

—¡Y la eficacia de nuestro correo ha mejorado enormemente gracias a las bicicletas y patinetes que habéis inventado, lady Marilyn!

La muchacha sonrió con suficiencia. Era verdad: siguiendo sus diseños y bajo su supervisión, herreros y carpinteros habían sido capaces de construir triciclos y patinetes seguros. Estaban hechos principalmente de madera (bastidores, ruedas, manillares) para hacerlos baratos: solo las cadenas y las partes importantes eran de metal.

Las ventajas con respecto a los caballos resultaban evidentes: no había necesidad de alimentarlos, ocupaban menos espacio, no se necesitaba un establo, podían almacenarse en un espacio de prácticamente cualquier tamaño y un caballo de madera y metal como ese nunca se cansaba, así que la distancia que recorría dependía solo de la resistencia del «jinete». Las averías se arreglaban rápidamente si se aprendían las reglas básicas de su reparación.

Así que muchos mensajeros querían aprender a manejar esos «asombrosos mecanismos».

Por supuesto, al principio fue duro, pero enseguida aprendieron: después de todo, la gente de ese tiempo y singularidad era muy fuerte físicamente y pedalear no les resultaba un problema. El mayor problema eran las sacudidas cuando se conducía, pues, al no disponer de gomas, no había posibilidad de mejora en este caso. Pero, en todo caso, cabalgar un caballo no era tampoco «suave».

… Ginebra acabó su informe y sir Kay habló a continuación. En el mundo de Arthuria, Marilyn y Lancitel era hermanastro y senescal de Arturo. En los relatos era una especie de personaje cómico. En la Singularidad 20-01 también era el senescal, a cargo de los asuntos internos de la corte. Pero se distinguía por una extraña monotonía y escrupulosidad y parecía más un mayordomo típicamente aburrido y estricto que a veces aparecía en los relatos.

Normalmente no decía nada interesante. Y esta vez no fue una excepción:

—Gracias a los métodos de lady Lancitel podemos predecir lluvias y otros acontecimientos meteorológicos con sorprendente precisión. Esto nos permitirá prepararnos con éxito para el invierno de este año y también la predicción de lluvia nos ayudará mucho en nuestras actividades económicas.

Gracias a las habilidades y conocimientos esotéricos de Lancitel, esta era, curiosamente, excelente en la predicción del tiempo. Además, para ello usaba la observación de la naturaleza y las estrellas e incluso señales populares. Y, por supuesto, a Mercurio retrógrado. En todo caso, a pesar de sus rarezas, los resultados eran sorprendentes en su precisión.

—Y con la ayuda del sistema de almacenamiento inventado por nuestra reina, se ha hecho mucho más cómodo almacenar y buscar inventarios en las despensas del castillo…

Arthuria pensó con tristeza: «Um, ¡me siento como la típica heroína de una historia de fantasía! En este mundo y tiempo, Marilyn ha demostrado ser la más capaz. ¡Es estupenda! Interpreta perfectamente el papel de maga de la corte y, siguiendo sus diseños, se han creado multitud de mecanismos útiles. Lancitel se ha hecho famosa como adivina… ¡Y resulta que predice perfectamente el tiempo observando la naturaleza que nos rodea! Gracias a ella, el año pasado todos en el reino pudieron prepararse para el frío invierno. Además, Lancitel ha sido capaz incluso de convertirse en famosa como caballera…

»Al principio de mi reinado, tuvo una discusión con los caballeros locales. Y su líder, sir Urien, la retó a un duelo. Y Lancitel lo derrotó… Aunque no sé de qué me sorprendo. ¡Las tres somos más altas que mucha gente local! Y físicamente también nos cuidamos… Por lo que se ve, debido a su peor nutrición, la gente en tiempos antiguos era más baja que en los modernos… Y Lancitel lleva practicando esgrima desde hace mucho tiempo: es fuerte físicamente, incluso para los patrones modernos.

»¡Aun así, sir Urien la golpeó con una espada de entrenamiento! ¿Tal vez Lancitel no sintió el impacto debido a la "armadura invisible" que está incluida en nuestro seguro estándar?»

La suposición de Arthuria era correcta: en ese momento apareció la «armadura invisible» incluida en el seguro estándar del sistema del «Viaje multimedia a través de tiempos y singularidades». Pero Lancitel no se dio cuenta. Y realmente era una muchacha fuerte, incluso para los patrones modernos.

Entretanto, Arthuria seguía pensando: «Bueno, yo… yo no tengo especiales habilidades. Lo único que hago es trabajo administrativo, pienso nuevos tipos de bocadillos e ideas para la mejora del reino. Y siempre he sido buena en desmontar cosas y ordenarlas. Así que ahora el inventario del castillo está almacenado siguiendo mi sistema de orden…».

Sir Kay hizo un informe largo y aburrido. Después de él, informaron más damas y caballeros incluidos en el Consejo Real.

Igraine y Morgause eran miembros del Consejo Real. Estaban de acuerdo con algunas cosas y en desacuerdo con otras. Pero, en general, aunque la antigua reina y su hija estaban insatisfechas con el nuevo gobierno (porque creían que el poder debería corresponderles legítimamente a ellas), no podían sino admitir que Arthuria y sus amigas «de algún modo» cumplían con sus tareas. Las propias Igraine y Morgause se comportaban prudentemente, pero mantenían una «guerra silenciosa» contra la reina, su maga de la corte y la adivina y caballera.

…Después de acabar con los informes económicos, habló sir Urien (el mismo que en su momento retó a un duelo a Lancitel). Era bastante joven, pero ya ostentaba el puesto de jefe de los caballeros de Camelot y era miembro del Consejo Real.

En el mundo de Arthuria, Marilyn y Lancitel, se mencionaba en las leyendas del rey Arturo y también tenía un hijo, Iwein.

Por supuesto, en el mundo de las muchachas, Iwein era también un personaje de las historias del rey Arturo. Pero en la Singularidad 20-01 acababa de cumplir catorce años y ese año había sido nombrado caballero. No era miembro del Consejo Real, pero, para Arthuria, Lancitel y Marilyn, el muchacho tenía un carácter más razonable y tranquilo que su padre.

… Urien informó en ese momento sobre asuntos generales y luego se lanzó a una exaltada discusión con la reina e Igraine.

—¡Tenemos que aumentar la financiación del ejército! ¡Y enviar un destacamento de caballeros a los dominios de lord Tristán! ¡Actúa arrogantemente, rechazando reconocer la autoridad de Camelot!

—¡Exacto, Vuestra Majestad! ¡Aplastemos adecuadamente su engreído comportamiento! —apoyó Igraine.

—Pero ya hay sanciones contra lord Tristán —protestó Arthuria—. A los mercaderes se les prohíbe hacer negocios en sus tierras. Sus productos los compra nuestra gente a precios de mercado y se venden varias veces más caros en las tierras de lord Tristán. Según nuestros informadores, los habitantes de sus tierras están muy descontentos con este estado de cosas.

«En nuestro mundo, esto no habría funcionado, debido al comercio en línea y la abundancia de proveedores y producción en otros países», pensó la muchacha. «Pero en este tiempo y lugar esos métodos son bastante eficaces».

—Según nuestros espías, la gente en sus dominios está muy descontenta —continuó en voz alta la muchacha—. Es probable que lord Tristán entre pronto en razón. Por supuesto, si es que quiere evitar una rebelión en sus tierras. Así que antes o después tendrá que acabar reconociendo la autoridad de Camelot.

—¡Vuestra Majestad, sois demasiado blanda! —exclamó exaltada Igraine— ¡Debemos reunir un destacamento de caballeros bien equipados y enviarlo a los dominios de lord Tristán! ¡Así apreciará de una vez el poder de Camelot y el resto de los señores respetará vuestro poder!

—Pero también ese destacamento de caballeros probablemente destruya varios pueblos en las tierras de lord Tristán y haga sufrir a personas, cosechas y ganados… En resumen, su economía se vería seriamente perjudicada y la gente moriría por una insensata enemistad —recalcó escépticamente Arthuria.

—¡Las tierras de lord Tristán no son una parte importante de la economía del reino! —continuó, enfurecida, la antigua reina.

—Sin embargo, le ha bastado para rechazar tercamente reconocer la autoridad de Camelot durante casi un año. —La reina actual encogió los hombros—. En suma, enviar un destacamento armado contra ellos no es precisamente la mejor idea.

—Precisamente debemos hacerlo porque sus tierras pueden aguantar mucho gracias a sus recursos y fuerzas —protestó Morgause.

—¡Además, mostrar poderío militar es una buena manera de ganarse el respeto del pueblo! —confirmó Igraine.

«Um, creo que ya sé por qué Uther no quería entregar el poder a su esposa…», pensó Arthuria. «Para esta época, ella sin duda piensa racional y correctamente. Pero a mí me parece que es demasiado dura… Y por lo que he entendido de las conversaciones con los cortesanos, Uther veía el mundo de una forma más moderada y por eso Igraine le consideraba demasiado blando…».

Las sospechas de la muchacha eran correctas. Aunque el antiguo rey de Camelot y la antigua reina tenían ambos razón, cada uno a su manera, sencillamente, la visión de la vida de Uther estaba más cerca de la de Arthuria y le era más comprensible. Hasta cierto punto, ambos eran más modernos. Aunque Igraine indudablemente tenía razón en términos de moralidad e ideas en ese momento concreto de la Singularidad 20-01.

Al principio, Uther e Igraine no se dieron cuenta. de que eran, como se decía a veces en el mundo moderno de Arthuria, Marilyn y Lancitel, «polos opuestos». Pero finalmente sí lo hicieron.

—¡Vuestra Majestad, a veces actuáis de una forma muy parecida a la del difunto rey! —Igraine continuaba enfadada y apenas contenía su indignación para no ir más allá de los límites de la decencia.

—Pero la situación de la delincuencia en las ciudades del reino ha mejorado —repuso Arthuria.

Realmente, la situación de la delincuencia había mejorado enormemente desde su llegada al poder. Sencillamente, había más empleo. Por ejemplo, construir escuelas y hospitales significaba nuevos empleos. También habían aumentado los pedidos a los talleres artesanos gracias a las innovaciones y los nuevos productos, así que los artesanos contrataban más aprendices y ayudantes.

La relación en esta situación es directa: cuanto mejor es la situación económica, mejor es la situación de la delincuencia: la pobreza y la desesperación empujan a la gente a la mayoría de los delitos. Sí, por supuesto, una situación económica próspera no producirá una ausencia completa de la delincuencia, porque a veces los motivos de la gente que le hace cometer delitos son mucho más complejos. Pero el factor económico puede atemperar y mejorar bastante este aspecto.

—La situación de la delincuencia es una cosa, pero el respeto a la realeza es otra —contestó con firmeza Igraine—. ¡Insisto en enviar un destacamento armado a las tierras de lord Tristán!

Los partidarios de Igraine en el Consejo Real la apoyaban activa y espiritualmente.

«Pero yo no quiero iniciar una guerra... Es fácil imaginar que habrá bajas... ¡No! ¡No quiero! ¡No está bien!», pensó decidida Arthuria. ¡También había estudiado la historia de varias guerras! Aun así, quería convertirse en profesora de historia en el futuro. Por eso sabía cuántas penurias y problemas traían las guerras a la gente.

La muchacha había leído además varios diarios de gente que había sobrevivido a varias guerras. También había crónicas de cruzados medievales e historias de testigos de la Revolución Francesa y la Primera Guerra Mundial...

Arthuria había leído muchas historias sobre guerras. Y siempre se sentía amargada cuando imaginaba la mucha violencia y penurias que había sufrido la gente normal...

«No quiero que pase esto... ¡No quiero guerras! ¿Qué puedo hacer? Igraine y sus partidarios no se contentarán fácilmente...».

De repente, tuvo una buena idea y, como reina de Camelot (y también estudiante reciente y miembro de un grupo musical aficionado), Arthuria exclamó:

—¡Ya sé qué vamos a hacer! ¡Negociaremos con lord Tristán!

Por un momento, hubo un silencio en la sala. Igraine y los suyos lanzaron contra Arthuria unas miradas tan escépticas y sarcásticas que la hicieron sentir incómoda

—Vuestra Majestad, ¿puedo preguntaros cómo pensáis hacerlo? —preguntó Igraine con una voz que mezclaba enfado con negatividad—. Hemos tratado de negociar con él desde el principio, pero lord Tristán no quiere reconocer, no solo vuestro poder, sino el poder de Camelot en general. Si no se atrevió a actuar contra el difunto rey Uther Pendragon, ahora se siente completamente libre para ello.

La antigua reina pensó para sí: «¡Esta muchacha es increíblemente ingenua! ¡No hace más que inventar maneras de aplazar las cosas!».

—Pero las sanciones que hemos adoptado contra lord Tristán están teniendo efecto —protestó Arthuria.

—No basta, Vuestra Majestad —dijo Morgause con un claro deje de hastío y sarcasmo en su voz.

Esta pensó par sí: «El reino está acabado… La nueva reina, con sus métodos, es mucho peor que Uther… Ya no tengo ninguna duda».

Los partidarios de Igraine y Morgause pensaban lo mismo. Y los partidarios de la nueva reina miraban con interés a Arthuria, Marilyn y Lancitel.

La propia Arthuria, entendiendo qué estaban pensando la antigua reina y su «bando», dijo:

—No serían unas negociaciones normales. Yo misma iré a ver a lord Tristán, junto con mi maga de la corte, lady Marilyn, y mi adivina y caballera, lady Lancitel.

Ante estas palabras, Igraine alzó teatralmente sus ojos al techo y dijo:

—Vuestra Majestad, no sé cómo son las costumbres en vuestras tierras, pero aquí las cosas son distintas. Si una reina tan joven como vos va a ver personalmente a lord Tristán, este nunca os dejará salir de sus dominios. Y os obligará a casaros con él.

«Si no tuviera el seguro estándar de usuario del "Viaje multimedia a través de tiempos y singularidades", no me hubiera atrevido a hacer esto. Porque, por desgracia, Igraine tiene toda la razón… ¡Pero, gracias al seguro, espero que todo vaya bien!», pensó Arthuria.

Dijo en voz alta:

—Lady Igraine, tenéis razón. Pero acudiré a negociar con él por una razón, Y estarán conmigo mi maga de la corte y mi adivina y caballera. Y ellas traerán su magia.

—¿Magia? —Igraine quedó sorprendida. Pero seguía habiendo escepticismo en su voz. Aunque recordaba cómo Marilyn había «realizado el ritual» después del cual Arthuria sacó la espada de la «piedra».

—¡Sí, magia! ¡Esta magia nos dará poder sobre lord Tristán!

Todos en la sala murmuraron sorprendidos, mientras la reina de Camelot, la reciente estudiante, sonreía misteriosamente…

Lancitel y Marilyn se miraron furtivamente. Ya habían entendido lo que pretendía Arthuria. Y ambas pensaron: «Quiere usar nuestros móviles, ¿verdad? Podría funcionar…». Y ambas tenían razón…

Capítulo 2. ¿Qué? ¿Móviles?

Tierra, la Singularidad 20-01, año 5547 desde la Creación del Mundo según el calendario del Imperio Etrusco, Gran Bretaña, un año después de la muerte del rey Uther Pendragon

—¡Vuestra Majestad, estoy extraordinariamente sorprendido por el hecho de que hayáis decidido honrarme con vuestra visita! —dijo lord Tristán, que había salido a dar la bienvenida a la reina Arthuria y su séquito al llegar a su castillo.

La visita de la reina había sido realmente una sorpresa para él. Aunque unos días antes había llegado un emisario de la reina con un mensaje sobre la inminente visita, lord Tristán no lo había creído hasta el último momento.

Había pensado que ese mensaje era una distracción. Una treta para enviar discretamente fuerzas armadas a sus tierras.

Tristán incluso había preparado un destacamento bien equipado para recibir a sus enemigos. Y los locales, cansados de sanciones comerciales y extremadamente enfadados con su señor, se apresuraron a abandonar sus casas. Todos los que pudieron, se fueron a los dominios de señores y damas vecinos. Los que no, intentaron preparar refugios y esconder sus objetos valiosos. Todos confiaban en que la caballería de soldados bien armados de la reina llegaría enseguida.

¡Pero cuál fue su sorpresa cuando llegaron en persona la reina Arthuria, su maga de la corte, lady Marilyn, y su adivina y caballera, lady Lancitel! Aunque rodeadas por soldados.

—Saludos, lord Tristán —dijo Arthuria mientras desmontaba se su triciclo.

Sí, así es: había venido en triciclo. En su tierra natal, nunca había practicado la equitación.

Por supuesto, a lo largo del año pasado, había aprendido a montar un poco. Pero, para distancias largas, prefería viajar en un triciclo o en un carro. Lancitel y Marilyn tenían exactamente los mismos problemas.

Aún no se habían construido buenos caminos para llegar a los dominios de lord Tristán. Así que las muchachas hicieron parte del camino en carro y parte en triciclos, pero decidieron aparecer en el castillo de Tristán con triciclos.

El propio lord rebelde, aunque había oído hablar de «caballos mecánicos de tres ruedas», aún no los había visto. Él y sus tierras estaban bajo sanción y ningún mercader se atrevía a ofrecerle nuevos productos. Los mercaderes temían arruinar su reputación y relaciones con la corte real, que les proporcionaba condiciones muy favorables para hacer negocios.

Por tanto, lord Tristán estaba ahora bajo una doble impresión.

«Los rumores acerca de la reina y sus dos damas de la corte eran ciertos, por lo que se ve...», pensó el señor. «Las tres son bastante bellas y altas. Hay incluso rumores de que vienen de Fair Folk, pero no lo creo. Las gentes de Fair Folk, cantadas en leyendas y canciones, deben ser aún más bellas... ¿Y qué quieren de mí estas descaradas muchachas? ¿O es que sus caballos mecánicos de tres ruedas contienen armas secretas?».

Mientras permanecía perplejo y perdido en conjeturas, sin saber cómo reaccionar a lo que estaba pasando, Arthuria, Marilyn y Lancitel, con toda la solemnidad de la que eran capaces, se bajaron de sus triciclos. Parecían extraños para una perspectiva moderna. Pero para la gente de la época actual de la Singularidad 20-01 en la que se encontraban las muchachas, parecían bastante impresionantes.

—Lord Tristán, hemos venido a negociar —continuó diciendo Arthuria, con la misma solemnidad y con una mirada seria—. No reconocéis la autoridad de Camelot y eso me irrita. También irrita a mi maga de la corte, lady Marilyn, y a mi adivina y caballera, lady Lancitel.

Las dudas empezaron a aparecer en la mente de lord Tristán. «No creo que tenga nada que temer, son solo unas muchachas», decidió. «¿Por qué entregaría Uther el poder a una persona así? Probablemente solo fue que no quería entregar el trono a Igraine o

Morgause por principios. Todos saben que las relaciones entre el rey difunto y su esposa habían sido muy frías en años recientes».

Dijo en voz alta:

—¡Vuestra Majestad, mis palabras se han entendido mal! ¡Siempre estoy dispuesto a negociar!¡ Es solo que el cambio de poder en Camelot y la muerte de Su Majestad Uther fueron tan repentinos que han sorprendido a muchos señores y damas!

—Bueno, es positivo que entendáis la importancia de las negociaciones —replicó Arthuria.

—Por favor, Vuestra Majestad, entrad vos y vuestro séquito en el castillo —dijo Tristán.

Todos le siguieron.

El señor pensó: «¡Ja! ¡No puedo creer que la nueva reina sea tan tonta! ¡Es difícil creer que sea la que ideó las restricciones mediante sanciones comerciales! ¡Sin duda, esta es una decisión de sus consejeros! ¡Pondré un somnífero en su vino y en el de su séquito! ¡Los encerraré y no los dejaré salir! ¡Y haré que esa reina tonta se convierta en mi esposa! ¡Así, me convertiré en rey sin bajas militares! ¡Y en cuanto me case con ella, la encerraré en un castillo lejano y me convertiré en gobernante único de Camelot!».

Tristán apenas pudo contener una sonrisa satisfecha. Ya estaba ansiando poner en marcha su plan. Y no tenía no la más remota idea de que todo podía ir completamente mal...

En ese mismo momento, la reciente estudiante convertida en reina pensó: «Lord Tristán habla a la vez como un delincuente oficial y un villano típico. Seguro que está pensando en algo así como "¡Pondré un somnífero en su bebida, la encerraré, la obligaré a casarse conmigo y me convertiré en rey!" Bueno, bueno… ¡Seguro que piensa que soy completamente tonta! Pero bueno, eso no importa: la realidad va a ser dura para él… Aunque, en cierto modo, sí que soy realmente tonta. ¡Una persona razonable no confiaría en un plan tan absurdo! Pero es o ese plan o acciones militares… Así que hay que probar… Ahora lo más importante es mantener un aspecto pretencioso y no reírme de mi ridícula idea».

Lancitel y Marilyn compartían las mismas sensaciones y pensamientos. La única diferencia era que a Marilyn, como actriz, le resultaba más fácil contener sus emociones.

Por supuesto, hay que plantearse una pregunta. ¿cuál era su plan? Era muy sencillo. En una palabra: móviles.

Puede hacerse otra pregunta: ¿Qué móviles? Y la respuesta estaba en el mismo día en que tuvo lugar la última reunión del Consejo Real.

En esa reunión, la reina, aseguró a los miembros del consejo que su maga de la corte, lady Marilyn, su adivina y caballera, lady Lancitel, y ella misma tenían artefactos mágicos.

—Son antiguas reliquias de Fair Folk de las que normalmente no hablamos a nadie —dijo Arthuria—. Parecen pequeños espejos oscuros y pueden robar las almas de las personas. Su poder es tan terrible que es mejor no tocarlos si no es absolutamente necesario.

«¿Habla de nuestros móviles o de otra cosa?», pensaron entonces Marilyn y Lancitel.

Recordaron que Arthuria les contó una vez que cuando aparecieron las cámaras fotográficas por primera vez, mucha gente tenía mucho miedo de ser fotografiada. Les parecía que a través de la fotografía los magos podían robarles sus almas o influir en sus destinos.

En la Singularidad 20-01, nadie había concebido aún la invención de la cámara fotográfica y la gente, de acuerdo con la época, era muy supersticiosa. Seguía cotilleándose en Camelot sobre cómo la reina Arthuria había sacado la espada de la piedra gracias al «ritual mágico» de lady Marilyn.

Así que Lancitel y Marilyn adivinaron inmediatamente de qué estaba hablando su amiga. Si usaban los móviles contra lord Tristán, es decir, si le fotografiaban y luego le intimidaban con esas imágenes, podía funcionar. Además, las tres estudiantes, ahora personas de alto nivel en el reino de Camelot, llevaban consigo cargadores solares al ir al festival musical y recargaban periódicamente sus móviles para no «matar» sus baterías. Así que los dispositivos estaban en perfecto estado.

Los cortesanos que eran miembros del Consejo Real quedaron muy impresionados por la mención de los artefactos de Fair Folk. Ni siquiera las escépticas Igraine y Morgause tenían respuesta. También recordaban la «milagrosa extracción de la espada de la piedra» (aunque no les convenía, creían en el poder del ritual mágico de Marilyn).

Así que decidieron que la reina de Camelot, su maga de la corte y la adivina y caballera irían a negociar con el señor rebelde para darle un ultimátum. Este consistiría en que si se sometía a la autoridad de la corte real, se levantarían las sanciones comerciales (y, por tanto todo iría bien) o en caso contrario le robarían su alma con la ayuda de los «artefactos de Fair Folk».

Por supuesto, el enviado a las posesiones de Tristán solo anunciaría que la reina vendría a negociar. No daría más detalles. Aunque inmediatamente se extendieron por la corte y después por todo Camelot rumores de que la reina y sus dos damas de la corte tenían ciertos artefactos, en un mundo sin Internet, televisión o incluso radio, dichos rumores habrían necesitado tiempo para llegar tan lejos como a los dominios de lord Tristán.

… Sin embargo, ahora no importaba, cuando lord Tristán estaba escoltando a la reina y su séquito a su castillo. Todos estaban alerta. Arthuria, Marilyn y Lancitel esperaban que, si era necesario, estarían protegidas por el seguro del sistema «Viaje multimedia a través de tiempos y singularidades». ¿Pero qué ocurriría con su séquito si la gente de lord Tristán le atacaba? Ellos no tenían una armadura invisible…

Su séquito también temía que pudiera haber una escaramuza dentro del castillo. ¿Y si la gente de Tristán les atacaba? ¿Cómo se defenderían? ¡Es difícil hacerlo dentro de un Castillo!

La gente de Tristán (y él mismo) estaban a su vez preocupados por que la reina y su séquito portaran armas ocultas. No podían cachear fácilmente a la gobernante de Camelot y sus acompañantes. Y temían que los visitantes hubieran llevado consigo puñales o agujas envenenados…

En resumen, todos sospechaban de todos y temían un derramamiento de sangre. Incluso Arthuria, Marilyn y Lancitel pensaban en cómo evitar que los acontecimientos se desarrollaran de ese modo y en cómo aplicar con éxito su plan...

***

Poco después, Arthuria, Marilyn, Lancitel y su séquito estaban alojados en los aposentos asignados. Todos permanecían alerta. Pero lord Tristán estaba confundido y no había tomado ninguna medida contra sus importantes invitadas. Trataba de ocultarlo, pero estaba realmente confuso.

Sí, por supuesto, su primera idea había sido encerrar a la descarada reina y su séquito en su castillo y luego obligar a Arthuria a casarse con él. Pero enseguida había empezado a dudar: ¿había algún sentido oculto en las acciones de la nueva reina?

Al fin y al cabo, como todos en Camelot, había oído hablar de que se había creado el Consejo Real por voluntad del difunto rey Uther y que este incluía a todos los ministros de importancia y a la antigua reina Igraine y su hija Morgause. Tristán no dudaba de que lady Igraine y Morgause aún tenían gran influencia en la corte (y no se equivocaba).

«¡Sin duda hay aquí algo oculto!», pensó. «¿Pero qué es? Dudo que Igraine haya permitido sin más ni más a esta insolente reina venir aquí... La viuda del rey debería haber previsto la posibilidad de que yo capturara a esta advenediza y la obligara a casarse... Y sin duda Igraine encontraría conveniente influir en esta muchacha desarraigada. ¡Seguro que lady Tintagel ejerce una gran influencia sobre ella! ¿Pero entonces por qué la corte real se ha tomado tanto tiempo y no ha enviado un destacamento armado contra mí? ¿Por qué han adoptado y aplicado sanciones comerciales? ¡No entiendo nada! ¡Tal vez Igraine haya decidido confundirme!».

En resumen, Tristán, que al principio se había alegrado, de repente se había sentido confuso. Y cuanto más lo pensaba, menos entendía lo que estaba pasando. Estaba obsesionado con presentimientos extraños e incomprensibles, que no podía explicar en absoluto.

… Poco tiempo después, por orden de lord Tristán, se organizó una fiesta en honor a la llegada de la reina y su séquito.

Con respecto al séquito de Arthuria, se les había indicado que fueran muy cuidadosos durante la fiesta. Es decir, que no bebieran nada sospechoso y vigilaran atentamente lo que estuviera pasando.

Sin embargo, aunque el séquito, que ya había oído hablar de los «artefactos mágicos de Fair Folk», no tenía objeciones, seguía temiendo un posible baño de sangre durante la fiesta. La reina y sus dos damas de corte tenían los artefactos, pero ¿y si no funcionaban en el momento más crucial? ¡En muchas leyendas y tradiciones se decía que las armas más poderosas de los héroes de la antigüedad y los artefactos más imponentes de los grandes magos a veces no funcionaban en el momento más importante!

Por lo que la tensión siguió subiendo…

… Así que empezó la fiesta. Todos se reunieron en el salón principal del castillo y se colocaron en los puestos asignaos. Por supuesto, siguiendo las normas de la etiqueta, la reina Arthuria, su maga de la corte, Marilyn, y su adivina y caballera, Lancitel, ocuparon los sitios más destacados junto a lord Tristán.

Los criados trajeron a la mesa platos exquisitos para los patrones de esa época: jabalí asado, salmón y aves asadas. Había platos con fruta e incluso varios tipos de bocadillos y pizzas (algunas innovaciones de Camelot seguían llegando a las tierras de lord Tristán, a pesar de las sanciones).

También había juglares presentes en el salón. Llevaban liras, dispuestos a empezar a interpretar en cualquier momento una canción acordada previamente con el señor, alabando a sus gloriosos antepasados, así como a los héroes británicos de tiempo antiguos.

Al principio de la fiesta, Tristán, como cabía esperar, dio un discurso de bienvenida a sus invitadas de alto rango. Habló de lo halagado que estaba por alojar dentro de los muros de su humilde castillo a la misma reina de Camelot, Su Majestad Arthuria, elegida como heredera al trono por el difunto rey Uther Pendragon. Y también habló de lo feliz que le hacía dar la bienvenida a las dos damas de la corte de la reina, la maga de la corte, lady Marilyn, y la adivina y caballera, lady Lancitel, y al resto del séquito.

Cuando Tristán acabó su discurso de bienvenida, dio unas palmadas y dijo:

—¡Que empiece la fiesta de bienvenida!

Y los criados siguieron sirviendo los platos. Como toda la comida se servía en fuentes comunes y toda la bebida se vertía en jarras comunes, estaba claro que no se había mezclado con ellas nada sospechoso.

En realidad, lord Tristán no planeaba drogar a la reina y su séquito con somníferos al iniciar la fiesta, ya que entendía que así podía comer o beber algo inapropiado sin darse cuenta. Tristán planeaba servir un «vino especial» a sus invitados durante la segunda parte de la fiesta.

Al mismo tiempo, la idea permanecía tercamente en su cabeza: «¿O hay aquí algún tipo de intención por parte de Igraine? ¿O no la hay? ¿Qué debo hacer? ¡Está claro que no puedo dejar las cosas así!».

Mientras lord Tristán se debatía en sus contradicciones mentales, los juglares, inconscientes del plan del amo, empezaron a tocar sus liras y a cantar canciones alabando a sus antepasados y a los héroes británicos de tiempos pasados.

—¡Bueno, Vuestra Majestad, la fiesta es uno de los momentos más oportunos para una negociación informal! —dijo Tristán a Arthuria.

No podía decidir cómo proceder. Esta le irritaba aún más y tenía grandes dificultades para controlarse.

Arthuria, Marilyn y Lancitel eran muy conscientes de que Tristán pronto empezaría a actuar y probablemente a drogarlas con algún somnífero. Así que las muchachas se miraron con complicidad y asintieron casi imperceptiblemente: había llegado el momento de poner en marcha su plan.

—¡Lord Tristán! —declaró Arthuria en voz alta, levantándose de su asiento. Lancitel y Marilyn se pusieron en pie a la vez—. ¡Estoy aquí porque no reconocéis la autoridad de Camelot!

—Oh, Vuestra Majestad, todo ha ocurrido tan inesperadamente… Primero el Juicio Real y luego la muerte de Su Majestad Uther Pendragon —replicó el señor, apenas capaz de contener su indignación—. ¡Estoy completamente confuso, igual que muchos señores y damas! ¡Esto no significa que no reconozca el poder de Camelot!

«¡Qué mujer más impertinente!», se le pasó por la cabeza. «¡Ahora estoy seguro de que Igraine no tiene nada que ver con esto! ¡Ella no permitiría una manipulación tan inepta ni unas negociaciones como estas! ¡Esta muchacha está aquí porque quiere! ¡Eso significa que yo también puedo hacer lo que quiera!».

Pero cuál fue su sorpresa cuando Arthuria, en lugar de empezar a protestar o a reprenderlo con furia, sacó un pequeño rectángulo negro de una pequeña bolsa que llevaba al cuello. Esas bolsas en torno al cuello se habían vuelto populares recientemente en Camelot. Arthuria, Marilyn y Lancitel las habían creado con el ejemplo de las bolsas de cuello para móviles. En su país natal, esos accesorios estaban de moda hacía tiempo, pero las muchachas aún las recordaban. En Camelot, unas bolsas similares se habían convertido en populares entre hombres y mujeres. La gente llevaba en ellas objetos pequeños o calderilla.

Y las estudiantes que ahora se habían convertido en reina de Camelot, su maga de la corte y su adivina y caballera, llevaban sus móviles en dichas bolsas.

Por supuesto, Tristán no sabía qué clase de objeto tenía la reina en sus manos. «¿Es un espejo? ¿O es uno de esos inventos recientes de los que se habla tanto estos días? ¿Pero qué es exactamente?».

Entretanto, Lancitel y Marilyn sacaron también sus móviles, que causaron aún más desconcierto en lord Tristán y en todos en el salón.

Solo los juglares continuaron tocando las liras y cantando, pero la melodía y la canción se silenciaron inmediatamente. De todos modos, nadie les prestaba atención.

—¡Lord Tristán! —dijo dramáticamente Arthuria y con una expresión formidable en su rostro—. ¡Deteneos! ¡Estos son los artefactos de Fair Folk!

—¿Qué? ¿Esos espejos? —preguntó escépticamente lord Tristán. Nunca había sido supersticioso, así que pensó que la insolente reina estaba tratando de engañarlo e intimidarlo.

«Bueno, a alguno sin duda le impresionará esto… ¡Pero no a mí!», pensó con una sonrisa maliciosa.

Y entonces sus ojos se abrieron con sorpresa.

—¿Qué es eso? —murmuró atemorizado.

La gente que estaba sentada a su alrededor y veía lo que estaba pasando también gimió y se quedó atónita por la sorpresa.

Algunos se asustaron y otros no podían creer lo que veían sus ojos: ¡no todos los días se veían milagros como ese!

Sí, exactamente: Lord Tristán (así como todos los demás en el salón) no esperaban ver algo tan impresionante. Los habitantes de la época de la Singularidad 20-01 tenían realmente razones para sorprenderse. Arthuria, Lancitel y Marilyn habían encendido sus móviles.

Inmediatamente aparecieron los fondos de pantalla: en el móvil de Arthuria, un demonio de aspecto aterrador de un videojuego; en el de Lancitel, un fondo de pantalla con una hormiga mutante, y en el de Marilyn, un hombre lobo, también de aspecto aterrador.

Normalmente las muchachas tenían otras imágenes como fondo de pantalla. Por ejemplo, a Arthuria le gustaban los personajes de *manga*, a Lancitel le gustaban los gatos y a Marilyn las pinturas y paisajes de Vincent van Gogh.

Pero para la aventura de ese día buscaron concretamente las «imágenes más aterradoras» de sus móviles. Y, continuando con su actuación, dijeron sucesivamente:

—¡Estos son los artefactos de Fair Folk! —dijo pomposamente Marilyn—. ¡Y el guardián de mi artefacto es el lobo oscuro!

—¡El guardián de mi artefacto es el demonio de la noche! —dijo Arthuria.

—¡Y el guardián de mi artefacto es la hormiga reina del mundo mágico de Tír na nÓg! —dijo Lancitel.

Mencionó específicamente a Tír na nÓg. Es una isla legendaria de la mitología celta, la Tierra de la Juventud. Y en la Gran Bretaña de la época de la Singularidad 20-01, todos la conocían.

Pero, por supuesto, la muchacha había inventado la hormiga reina (como había llamado Lancitel a la hormiga mutante que se mostraba en el fondo de pantalla del dispositivo)…

Inmediatamente, Arthuria, Lancitel, y Marilyn dijeron al unísono:

—¡Por el poder que nuestros guardianes han otorgado a nuestros artefactos de Fair Folk, nos apoderaremos de vuestra alma, lord Tristán! —Y a continuación, apuntaron sus móviles hacia el señor rebelde, activaron sus cámaras y… le sacaron una fotografía.

Se oyó inmediatamente el clic característico de las cámaras (no había modo silencioso en sus dispositivos) y brillaron tres destellos…

En las pantallas de los móviles apareció de inmediato lord Tristán con los ojos saltones por el temor.

Todos los reunidos en el salón quedaron atónitos por el temor y murmuraron:

—¡Esa luz! ¡Es magia!

—¿Qué ha pasado?

—¿Ahora lord Tristán está maldito?

—¿Qué han hecho? ¿De verdad tienen artefactos de Fair Folk?

—Parece como si…

—Espero que lord Tristán tome una buena decisión…

Arthuria, Marilyn y Lancitel, apenas capaces de contener sus risas, dijeron:

—Otra vez…

Y empezaron a tomar una foto tras otra. Al principio, lord Tristán se quedó paralizado en su sitio, incapaz de moverse. No podía creer lo que estaba ocurriendo, su mente se negaba a percibir la realidad. Solo se agrupaban en su cabeza pensamientos enfebrecidos: «¿Son artefactos reales? ¿Cómo es posible? ¡Estas arrogantes mujeres! ¡Me han cogido por sorpresa! ¿Qué debo hacer? ¿Voy a morir? ¿O pueden perdonarme? ¿Debería pedir piedad? ¿Qué hago ahora?».

Es así como el espíritu del recalcitrante y arrogante señor se vio completamente sometido por la tecnología moderna…

Arthuria, Marilyn and Lancitel continuaron disparando fotos durante un rato. La luz de los flases y el sonido de las cámaras hicieron que la gente presente en el salón acabara callándose y quedara paralizada por el estupor. Incluso los juglares dejaron de tocar sus instrumentos.

La sesión de fotos acabó por fin…

—Lord Tristán, echad un ojo a esto… —dijo Arthuria, mostrando al hombre pálido en la pantalla de su móvil. Lancitel y Marilyn hicieron lo mismo—. Es vuestra imagen. Y no está sola…

Las muchachas, con una mirada amenazante, empezaron a mostrar las fotos de Tristán. A la vista de las imágenes exactas dentro de los «artefactos de Fair Folk», lord Tristán iba palideciendo más y más. Ya no pensaba en adormecer a la insolente reina y su séquito con un somnífero o en obligar a la muchacha a casarse con él, ya no pensaba en Igraine y sus posibles planes. Solo se sentía mal y muy asustado, igual que la gente que se sentaba a su lado: también ellos habían visto perfectamente las fotos de Tristán y se sentían incómodos. Darse cuenta de que la nueva gobernante de Camelot y sus dos damas de la corte tenían tales poderes era muy intimidante.

Por supuesto, la gente de esa época de la Singularidad 20-01 nunca había visto imágenes tan nítidas de nadie y creían que con la ayuda de una imagen precisa un mago podía robar el alma de una persona. Así que los cálculos de Arthuria habían sido correctos: todos en el salón pensaron que el alma de lord Tristán había sido «secuestrada».

La propia Arthuria no dejó de manifestar además este hecho:

—Lord Tristán, ¿sabéis qué puede hacer mi maga de la corte, lady Marilyn, con estas imágenes?

Por supuesto que lo sabía. Pero decidió no admitirlo tan rápidamente:

—No, Vuestra Majestad…

—Puedo robaros vuestra alma, lord Tristán —dijo Marilyn—. Y si vuestra alma está en mi poder, puedo hacer todo lo que quiera hacer con ella Su Majestad la reina…

El señor se estremeció. Por supuesto que conocía ese tipo de magia: podía matarlo en cualquier momento o hacerle sufrir. Aunque no era especialmente supersticioso para los patrones de su época de la Singularidad 20-01, por razones obvias no podía ni siquiera imaginar dispositivos como un móvil. Así que estaba bajo una fortísima impresión.

—¡Vuestra Majestad, lady Marilyn y lady Lancitel, juro de todo corazón que lo que está pasando es solo un malentendido! —trató de justificarse lord Tristán. Estaba muy asustado, sudores fríos recorrían su cara, su cabeza daba vueltas y su corazón palpitaba con fuerza. Le costaba hablar con una voz relativamente calmada—. ¡No rechazo en absoluto el poder de Camelot! Sencillamente, estaba consternado por la muerte repentina del venerable rey Uther Pendragon... ¡Pero honraré su recuerdo y su voluntad! ¡Y, por supuesto, estoy dispuesto a aceptar como gobernante a la heredera nombrada por Su Majestad!

—Bien, lord Tristán, si vuestras intenciones son realmente sinceras, como personas civilizadas, podemos negociar para resolver todos nuestros malentendidos —dijo generosamente Arthuria.

Exteriormente, mantenía su rostro impertérrito, pero en realidad estaba a punto de echarse a reír. Por la cabeza pasaban estos pensamientos: «¡Ja, ja, ja! ¡Qué fácil ha sido! ¡Más de lo que pensaba! ¡Los móviles son realmente estupendos! Pero es demasiado pronto como para cantar victoria: tenemos que estar alerta... Y no debemos comer nada sospechoso: ¿y si lord Tristán no abandona su idea de drogarnos con algo extraño y encerrarnos aquí?».

Al mismo tiempo, Lancitel pensó: «¡El horóscopo que hice ayer y Mercurio retrógrado decían que el plan sería todo un éxito! ¡Y así ha sido!».

Marilyn pensó: «Aunque me encantan las matemáticas y la mecánica, también he estudiado bastante psicología para poder actuar mejor. Y estoy segura de que lord Tristán está ahora mismo absolutamente aterrorizado. A partir de ahora, no hará nada contra nosotras».

Y tenía toda la razón. A pesar de los comprensibles temores de Arthuria, lord Tristán no quería hacer nada más contra la «arrogante» reina y su séquito. Por el contrario, dijo:

—¡Por supuesto, Vuestra Majestad! ¡Estoy dispuesto a negociar! ¡Estoy dispuesto a explicar todos mis comportamientos controvertidos, si accedéis amablemente a escucharme! ¡Y estoy dispuesto a juraros fidelidad! ¡Puedo hacer el juramento aquí, entre los muros de mi castillo! ¡E ir posteriormente a Camelot y hacer un juramento adicional en el castillo real, siguiendo todas las tradiciones y formalidades!

—Que así sea. Soy la reina de Camelot, Arthuria, y os concedo la gracia de permitiros justificar vuestro comportamiento y realizar un juramento oficial de fidelidad hacia mí —dijo la muchacha—. Una vez se hayan cumplido todas las formalidades, se levantarán todas las sanciones comerciales que pesan sobre vos y sobre vuestras tierras, lord Tristán.

—¡Vuestra Majestad, vuestra piedad y sabiduría no tiene límites! —exclamó Tristán con un evidente alivio cuando se dio cuenta de que no iba a morir o verse dañado por la magia (al menos no todavía)—. ¡Ahora entiendo por qué pasasteis el Juicio Real y por qué Su Majestad Uther Pendragon os nombró su heredera!

Todos los presentes en el salón también experimentaron un alivio considerable. ¡Al fin y al cabo, todos sabían que Fair Folk tenía una magia increíble! ¡Así que era mejor no enfadar a la reina ni a sus dos damas de la corte que poseían unos artefactos tan extraordinarios!

***

Finalmente, el resto de la fiesta de bienvenida en el castillo de Tristán pasó sin incidentes. El señor estaba tan asustado que se juró mentalmente ante todos los dioses que nunca haría nada contra la nueva reina.

Posteriormente, Arthuria, Marilyn, Lancitel y dos consejeros reales (que estaban asimismo en el séquito de la reina) pudieron negociar con éxito con Tristán.

Este aceptó con resignación todas las condiciones que le impusieron la gobernante, sus dos damas de la corte y los consejeros reales. Y al día siguiente, hizo el juramento de fidelidad a la nueva reina. A cambio, esta prometió levantar todas las sanciones comerciales contra él.

Poco después, Arthuria, Lancitel, Marilyn y su séquito regresaron sanos y salvos a Camelot. Junto con ellos, lord Tristán llegó a la corte real con una pequeña escolta, para repetir su juramento siguiendo las normas y las formalidades.

En una fiesta solemne, con la presencia de nobles y cortesanos de Camelot, Tristán juró fidelidad a Su Majestad la reina Arthuria, reconociendo su poder y prometiendo servirla fielmente.

A su vez, la reina dictó una orden formal para levantar las sanciones comerciales contra lord Tristán. Y también, junto a su maga de la corte Marilyn y su adivina y caballera Lancitel prometieron que no usarían sus artefactos de Fair Folk contra Tristán mientras este cumpliera con su juramento de fidelidad.

Las muchachas apenas pudieron contener su risa durante todo ese tiempo, pero lord Tristán no resultaba en absoluto divertido. Sintió un gran alivio cuando la reina y sus dos damas cercanas, ante numerosos cortesanos, prometieron no usar los artefactos (es decir, los móviles) contra él. Para los habitantes de Camelot de ese periodo de la Singularidad 20-01, la palabra regia seguía significando mucho. Y quebrantarla significaba perder dignidad, así como cubrir de vergüenza tu nombre regio. ¡Y eso era peor que la muerte! Al fin y al cabo, ¿cómo recordarán a ese gobernante sus descendientes? ¡Lo cierto es que un gobernante así se recordaría como una persona deshonrosa e indigna! ¡Y el nombre de esa persona nunca aparecería en canciones de alabanza!

Por supuesto, si lord Tristán hubiera sabido que sencillamente le habían engañado y habían jugado con él, habría enfurecido. Pero no lo sabía y no podía descubrirlo.

Pero vio cómo había cambiado Camelot con la nueva reina y sus dos damas de la corte. Sus innovaciones, inventos y reformas sin duda hacían la vida mejor y más fácil.

Y lord Tristán supo que muchos cortesanos y gente corriente consideraban positivamente estas innovaciones. Y todos en Camelot comentaban activamente los «artefactos de Fair Folk», que también habían impresionado mucho al lord. ¡E incluso parecía que la antigua reina Igraine y su hija Morgause se habían reconciliado (al menos exteriormente) con la nueva gobernante!

«Parece que nunca tuve la más mínima posibilidad...», musitó Tristán con tristeza. «Aun así, ¿por qué decidió realizar un Juicio Real el difunto Uther? Habría sido comprensible si lo hubiera usado como una excusa adicional para entregar el poder a Igraine o a uno de sus ministros. Así habría sido muy difícil discutir posteriormente su poder... Sin embargo, eligió a la muchacha extranjera...».

Y de repente se le ocurrió al señor: «¡Claro! ¡La nueva reina y sus dos damas de la corte tienen los artefactos de Fair Folk! ¿Y si son de Fair Folk?».

Una conclusión tan extraña se vio «reforzada» y «demostrada» por otros hechos. Entre ellos que, para los parámetros locales, Arthuria, Lancitel y Marilyn eran consideradas muy bellas y altas (aunque en su mundo y época, su apariencia era muy corriente). Además, mucha gente consideraba que la nueva reina y sus dos damas de la corte eran muchachas de Fair Folk. Y, por supuesto, estaba el hecho indiscutible de que tenían artefactos de Fair Folk (móviles). ¿Cómo podía tener algo así una persona normal? ¡Exactamente: era casi imposible! ¡Salvo que las muchachas no fueran en modo alguno personas normales!

«¡Son de Fair Folk1 ¡Qué estúpido he sido! ¡Por suerte, no he llevado a cabo ninguna acción militar importante como atacar las tierras sometidas a Camelot!», pensó Tristán con horror. «Si no, ahora mismo seguro que no estaba en el mundo de los vivos…».

Lord Tristán volvió a sus tierras, sintiendo una profunda apatía. Y un día, mientras bebía vino con un cortesano íntimo, se emborrachó y le comentó sus suposiciones acerca de la reina y sus dos damas.

El cortesano, recordando el momento en que la reina y sus dos damas exhibieron los artefactos de Fair Folk, quedó igualmente muy impresionado. Y estuvo completamente de acuerdo con las suposiciones de su señor.

Una criada que pasaba junto a la puerta oyó su conversación y pronto toda la corte de lord Tristán la conoció.

Después de un tiempo, los rumores de que la reina, su maga de la corte y su adivina y caballera eran mujeres de Fair Folk se extendieron por toda Gran Bretaña.

Y los bardos y juglares compusieron canciones acerca de cómo la sabia reina Arthuria, lady Marilyn y lady Lancitel habían derrotado al recalcitrante señor con la ayuda de la magia y la sabiduría, evitando el derramamiento de sangre.

Arthuria, Marilyn y Lancitel rechazaron comentarlo, pensado que era mejor «mantener un poco de misterio».

Continuará...

Editorial Tektime

www.tektime.it

www.ingramcontent.com/pod-product-compliance
Lightning Source LLC
LaVergne TN
LVHW091615170726
843492LV00007B/2418